题献凡间识趣者

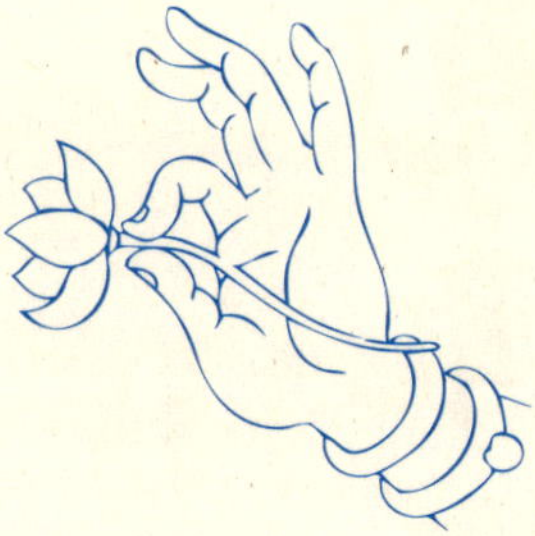

惟识凡间真妙趣，方得物我两自在

覽趣集

乐颐斋诗选

乐颐斋主 著
熙宜居士 注

西南师范大学出版社

图书在版编目（CIP）数据

览趣集：乐颐斋诗选 / 乐颐斋主著；熙宜居士注
. -- 重庆：西南师范大学出版社，2018.11
ISBN 978-7-5621-9640-2

Ⅰ.①览… Ⅱ.①乐… ②熙… Ⅲ.①诗集 - 中国 - 当代 Ⅳ.①I227

中国版本图书馆 CIP 数据核字（2018）第 248863 号

乐颐斋主 · 著 · 熙宜居士 · 注 ·

览趣集：乐颐斋诗选

LANQUJI: YUEYIZHAI SHIXUAN

责任编辑：秦 俭
责任校对：赖晓玥
封面题字：孔德平
装帧设计：观止堂_未 氓
出版发行：西南师范大学出版社
地址：重庆市北碚区天生路 2 号
邮编：400715
网址：http://www.xscbs.com
电话：023-68868624
经 销：新华书店
印 刷：重庆紫石东南印务有限公司
幅面尺寸：145mm × 210mm
印 张：6.25
字 数：120 千
版 次：2019 年 1 月 第 1 版
印 次：2019 年 1 月 第 1 次印刷
书 号：ISBN 978-7-5621-9640-2
定 价：88.00 元

序言

予尝闻："生若无趣，死亦何惧。"趣者何耶？乃至攸关生死？若望文生义，则"往而取之"也。盖能令人趋而相求者，可谓之有趣。有趣者或为人、事、物、理、法，或为意象、观念、处所、境界，不一而足。人若有趣，魅力横生，与之相处，如沐春风。物、事、法、理等亦然，相与把玩参悟，皆能乐在其中。然人、事、物之有趣与否，并不全在其自身，犹取决于审视者是否识趣。夫若不辨其理、不解其味，自也无趣可言。既如此，趣味之识得，非物我感应、主客相谐不可，似可谓之相映而成趣。洞察此理，于修身、处事、养性、立德均有裨益。故欲得生活之趣，既需修行自身以求添趣，亦需洞察万物以求识趣，不宜偏废也。

不才身处俗世，无时不望于纷扰之中寻求自在，故常自勉于调伏内心，于凡俗事物中发觉趣味。每于品茗、听琴、赏花、读书之际获得启迪，或于观光、礼佛、授课、会友之余生发感悟，辄遣兴运思、裁句逐笔以记之。凡历七年余，得诗六十余首。兹按题材内容及写作来历裒辑十二卷付梓，题曰《览趣集》，以期与会心者分享，亦望求教于方家。所列五言、七言诗，咸依中华新韵写成，风格多变，体式不拘。每卷之内，篇数不限，多则十余，寡则三五。各题之下，篇制不一，长则联章，短则绝句。盖因当时之情势意兴使然，不于事后添斧，以务求其平衡也。

览趣之义，在于对凡间众趣虚心观察，细心体会。平凡之物，未必无趣。所以不察者，心境不达也。然趣有善恶之分、雅俗之异、高低之别。低俗恶趣诱发劣性陋习，高雅善趣陶冶明智清心。所谓识趣，即能明辨其善恶、雅俗、高低之属，以便修心养性，远离低俗恶趣。识趣之功德助益，微能独善己身，大可普度世人。诸佛菩萨，皆以慈悲为怀。为慈者，赐予众生乐；为悲者，拔除众生苦。心怀慈悲，故能怜爱众生、欣赏万物。博识众趣，亦旨求对万物众生多持怜惜、欣赏之心，以获人生正念。故曰：“惟识凡间真妙趣，方得物我两自在。”不才修为尚浅，惟愿以此为念，时时自勉而已。

作者自序

戊戌年春月于

沪上乐颐斋

目录

年俗纪事

卷一

卷·首·语

华夏文明历史悠久，民俗节日经累世沿袭而形成传统。众多传统节日中，尤以春节最隆重。与此相应，其民间习俗亦最为丰富、最成体系。然而，伴随城市化进程持续推动，广大城市居民不再以传统方式过年，传统年俗之承继亦面临愈发严峻之困境。兹以北方年俗中若干重要事项为题，概述其风情趣味，以俟夫观民风者得焉。

题下十三首，记述了年前祭灶日（腊月廿三）至年后春耕节（二月二）期间北方乡村之主要年俗。每首不同韵，遍押十三辙。甲午至戊戌年间（2014—2018）陆续作于豫、沪、杭三地。

诗赠西南师范大学出版社周松编审，致敬其作为资深出版人对中华传统文化之守护与传播。

灶君其一

除尘其二

年货其三

春联其四

祭祖其五

围门其六

五更其七

愿语其八

族谱其九

串亲其十

社戏其十一

元宵其十二

庙会其十三

灶君

腊月祭锅台，神君笑脸开。
即登天宝殿，暂舍苦寒宅。
暗把干粮数，忙将奏本裁。
惟当言好事，为有蜜糖塞。

| 注释 |

1 丁酉年腊月廿三小年夜作于上海。以平白之语记述祭灶时灶王爷的受供之乐、辞灶之忙、贪食之性与庇佑之情。

2 祭锅台：于锅台行祭，即祭祀灶君。灶君全衔为“东厨司命九灵元王定福神君”，故有“东厨司命”或“东厨神君”之谓。

3 即登天宝殿，暂舍苦寒宅：小年夜，东厨神君将赴天宫奏报，大年初一五更方才归来，遂有古联云：“二十三日去，初一五更来。”天宝殿：凌霄宝殿，为天庭宝殿之首。苦寒宅：贫寒之家。

4 暗把干粮数：灶君登程前先要暗自清点干粮是否够数。传说中灶君将携全家赴天庭。其家眷共十六人，连带所豢养之鸡、犬各一，共计十八，故有“鸡狗十八口”之说。为此，小年夜为灶君上贡时需备足干粮十八件，故北方民谚称“十八干粮，有数的事儿”。

5 忙将奏本裁：赶忙将欲奏之事逐一裁定。灶君至天庭向玉皇大帝奏报时，需禀明所护之宅一年内所涉善恶诸事。奏本：奏章。裁：裁断，判定何事该奏。

6 惟当言好事：尊口一开，当只言好事。灶君以慈悲著称，对所守之宅多有袒护，故于天庭奏报时，惯于报喜不报忧。故有灶联云：“上天言好事，下界保平安。”

7 为有蜜糖塞：意谓灶君惟言好事，乃因受了甜食之贿。传说中，百姓为使灶君报喜不报忧，便以甜食为贡，使其口舌甜蜜，故能好话连篇。

除尘

纷腾似点兵，乱步绕屋行。
案扤七房室，橱涤五味瓶。
搬梯拂舍脊，续帚掸窗棂。
一扫埃尘尽，盈盈瑞满庭。

| 注释 |

1 丁酉年岁末作于沪上。描绘扫房日举家上阵，废食劳作的忙乱场景。

2 除尘：依北方年俗，腊月二十四为除尘日，又称“除残”“扫房”“打尘埃”，有“除陈布新”的含义。该日宜将室内屋外、房前庭后彻底清扫，并要疏导沟渠、拆洗被褥，以迎新年。

3 纷腾似点兵，乱步绕屋行：扫房除尘从清晨早饭后开始，阖家上阵，派活分工，绕屋穿庭，往来频繁，其紧张忙乱的阵势如同“兴兵作战”。纷腾：纷乱喧腾。绕屋：在房内各处来回奔走。

4 案抚七房宝：将书房用品逐一清理。案：书案，借指书房。抚：把玩，这里引申为擦拭之意。七房宝：文房七宝，分别为笔、墨、纸、砚、水盂、笔架（笔筒）、镇尺。

5 橱涤五味瓶：将厨房用具全部洗净。橱：橱柜，在此代指厨房。五味瓶：装有酸甜辛辣咸等调味品的容器。

6 搬梯拂舍脊：架梯登高，清扫屋梁。舍脊：房舍最高处，指屋梁。

7 续帚掸窗棂：接长笤帚，扫拭窗格。续帚：在笤帚柄上接一根竹竿，使其能延伸到更远处。掸：轻轻地拂去。窗棂：窗格子，此处泛指窗户。

8 盈盈瑞满庭：祥瑞之气萦绕门庭。瑞：祥瑞、好兆头。古人扫房为能驱晦避疫、迎喜接福，故言。

年货

岁末囤年货，奔忙似紧锣。
集间勤采购，厨下巧蒸馍。
灯彩描龙凤，桃符慑鬼魔。
逐年超定例，喜气那嫌多。

| 注释 |

1 戊戌年正月作于沪上。记述了春节临近时家家户户置办年货的风俗。

2 囤年货：俗称办年货，囤积物资以备春节期间使用。年货种类繁多，除食品、礼品外，还包括年画、灯笼、红包、门对儿、鞭炮、中国结等增添喜庆气息的物品。北方农村通常从腊月二十四即除尘日之后开始集中筹办，一直持续到除夕日。故有俗谚云，“鞭炮不放，年货不齐”，意谓在除夕夜之前，一直要陆续采办年货。

3 奔忙似紧锣：因需采购的年货太多，需紧锣密鼓般地四处奔忙。

4 集间勤采购：赶集买东西需要一趟又一趟，相当赶忙。北方农村的集市通常每天设于不同的村落，以某种约定俗成的次序轮流交替，但正月里通常全部歇业。故年关迫近时，随着集市次数逐渐减少，百姓常需到邻村集市去采购。

5 厨下巧蒸馍：厨房里正忙着蒸馒头、包子等各种花色的面点。通常数量众多，要连蒸七八锅甚至更多。为此，北方农村习惯于将腊月二十六或二十七全天定为蒸馍日。

6 灯彩描龙凤：彩色灯笼上描绘着龙凤呈祥的图案。

7 桃符慑鬼魔：门神类的年画可以震慑邪魔鬼祟。桃符：古人以桃木刻符，悬于门上，用以祈福避凶，据说乃为门神之雏形。

8 逐年超定例：意谓购买的年货一年比一年多，反映农村的生活越来越富足。逐年：连年。

春联

修如春女辫，遇喜作红妆。

画栋因添美，蓬门为有光。

辞联相对仗，句倚互成双。

题满心头愿，衔福祝永康。

| 注释 |

1 甲午年除夕作于武陟。描写新年来临之际千家万户贴春联的喜庆场景，以及春联这一重要年符在形式与内容两方面的吉祥寓意。

2 修如春女辫：对联修长，分列两边，犹如春姑娘垂落的发辫。

3 遇喜作红妆：春联以红纸裁成，张贴于喜庆之际，装点门面、增光添彩。

4 画栋因添美：豪门富户因张贴了春联而更增添了壮美的景象。画栋：雕梁画柱之所，指富家大户。[宋]无名氏《大宋宣和遗事》中云："画栋雕梁，高楼邃阁，不可胜计。"

5 蓬门为有光：寒门小户也因贴上了春联而有了些光彩。蓬门：蓬草编织为门，指穷苦人家。[唐]杜甫《客至》诗云："花径不曾缘客扫，蓬门今始为君开。"

6 辞联、句倚句：均言对联之文体特征，上下联之间工整对仗、相映成趣。古人常谓"好事成双"，故对联以其本质上具有的"成双成对"的属性，在新年来临的喜庆当口，自然成为必不可少的"好彩头"。

7 题满心头愿：春联上题写的多是些祝福国泰民安、家和事兴、招财进宝之类的吉利话语。

8 衔福：满含祝福。意谓所书字的笔画之间似洋溢着喜气。

祭祖

向晚映余晖，鞭竹屑乱飞。
提篮恭奉祭，把捻戏逐追。
顶礼坟前土，襟沾纸上灰。
香烟萦小径，一路引灵归。

| 注释 |

1 甲午年除夕日作于武陟。以燃香、放炮、烧纸、叩拜等典型事项，勾勒北方除夕祭拜祖坟的风俗、礼节和情景。

2 祭祖：拜祭祖茔。依当地习俗，除夕日当于黄昏时分携家中男丁至祖坟前拜祭，接引祖灵回家过年。

3 鞭竹：鞭炮、爆竹，当地人泛称“火鞭”，为祭祀祖坟之必备用品。

4 提篮：提着篮子，篮中盛放着锡箔纸钱、香、火柴、鞭炮等祭祀用品。祭祖活动须由成年男丁奉行，故在此以提篮者代指成人。

5 把捻：手拿引火之物，用以燃放鞭炮。因系年幼者所爱，故以把捻者借指孩童。

6 顶礼坟前土：祭祖时须在坟前行叩拜之礼，令额前沾土。

7 襟沾纸上灰：墓园皆在室外，故于墓前焚烧纸钱时，会有烟灰迎风飘荡、沾染衣裳。

8 香烟萦小径：乡村墓园多在田间，往来须穿行阡陌。祭礼途中需焚香点炮，以通告在天之灵，故有香烟弥漫空中。

9 一路引灵归：相传袅袅香烟能接引亡灵，一路追随祭拜者归至家中。

围门

祭家归来后，频观焰火花。
接灵悬祖谱，避祟洒灰渣。
北户描刀剑，南宅画戟叉。
儿童来比划，骑跨过家家。

| **注释** |

1 戊戌年正月作于沪上。以浅显如童谣般的语言，记述了北方除夕日的围门习俗。

2 围门：依当地年俗，除夕日傍晚祭祖回家后，要用白石灰将宅院内外所有门窗以及通往户外的渠口、洞穴统统围住，以免邪魔外祟来犯。

3 祭冢：祭拜坟冢，即上坟。冢：墓。

4 焰火花：传说中，燃放烟花能为祖灵照亮回家的路。焰火花：烟花。

5 接灵悬祖谱：在堂屋祭台上悬挂祖谱轴子以接引祖灵回家过年。接灵：接引祖灵。祖谱：记写祖先姓名与辈分的画轴，亦称堂轴，在除夕夜挂上，在元宵后收起。

6 避祟洒灰渣：用白石灰围门以驱避邪祟。灰渣：白石灰的渣滓，颗粒粗大。因其价格低廉，乡下人多以之来代替石灰粉。

7 北户描刀剑，南宅画戟叉：此为互文句，意谓各家都用白石灰围成兵器形状，锋头向外以震慑邪祟。

8 儿童来比划，骑跨过家家：此联笔锋突转，语带幽默。意谓邪魔外祟在这些“兵器”的震慑下不敢前来捣乱，而孩童们却偏偏来这里玩起了游戏，配合着剑戟刀叉胡乱比划，并在兵器图形间跳来跳去。

五更

岁末交更际，人间又一春。
连鞭除岁尽，散语祝元申。
上贡揖先祖，贻金佑子孙。
桃符今已换，贵客欲登门。

| 注释 |

1 乙未年正月初一作于武陟。记述北方农村于辞旧迎新之际挂年符、起五更、放鞭炮、祭天拜祖、发钱押祟、串门拜年等习俗。

2 五更：依当地习俗，大年初一应“起五更”。传统计时法将一夜分为五更，五更是最后一更。除夕夜交了五更，即为新年第一天。

3 连鞭除岁尽：在连声炮仗中告别旧岁。依当地习俗，五更起床后，需在宅院中或家门口燃放火鞭，以驱除晦气、带来好运。[宋]王安石《元日》诗中有“爆竹声中一岁除”之句。

4 散语祝元申：在贺岁声中祈盼新年气象。散语：原指无韵之文，此为朴实之愿语，区别于官方祭祀时所用之韵文。祝：祈愿。元：头、首、始。申：宣示、声明。“元申”并称，即宣告新的一年到来之意。

5 上贡揖先祖：摆上贡品，面向先祖行礼。揖：拱手行礼。

6 贻金佑子孙：发放压岁钱，以护佑晚辈平安。压岁：亦称“押祟”，乃驱灾辟邪之意。贻：赠予。

7 桃符：参见《年货》诗注释。

8 贵客欲登门：依当地习俗，正月初一宜大开院门以迎宾客，故作此吉言。

愿语

摆贡朝天语，焚香面祖言。
虔心滋善念，劳体种福田。
世道犹堪勉，民心最可怜。
忧怀多少事，聊此寄薄烟。

| 注释 |

1 乙未年正月初一作于武陟。以过年时北方民间祭天拜祖、焚香祷告的情景，反映普通百姓的平凡生活与朴素信念。

2 愿语：祈愿祝颂之语。凡祭天拜祖，祭拜者口中必念念有词。

3 摆贡：摆放贡品。朝天语：对着天地众神祷告。

4 虔心滋善念，劳体种福田：此为互文句，需合参会意，即普通百姓以虔敬善良之心，用辛勤劳动来换取福报。福田：福德之田，佛教用语。凡敬奉佛、僧、父母、悲苦者，皆可获得福报功德，犹如农人种田，有耕耘即有收获，故以田喻。

5 世道犹堪勉：社会风气仍需勉励完善。堪：值得，可。勉：力有不及而尽力为之。

6 聊此：权且如此。

7 寄：托付。

族谱

壮如千岁木，拔地欲冲霄。
并蒂连中干，盘根系远梢。
炎黄诚共祖，华夏俱同胞。
世代长相敬，福绵似海滔。

| 注释 |

1 乙未年正月初一作于武陟。宗祠行祭之际，因仰观族谱之壮大，遂由宗亲血脉的绵延无尽，推及华夏子孙的同气连枝，寄托了“世人皆宗亲”的博爱理想。

2 族谱：亦称家簿、家谱。依当地习俗，正月初一上午，需前往本氏宗祠，与族人团拜，并祭奉先祖。如因名门望族分祠供奉者，各祠之间亦须在当天互访、同祭，称为串祠。

3 壮如千岁木：极言家族谱系之繁荣壮大。祠堂族谱以树状图反映，枝叶之衍生分化，标示族人辈分差异与血脉联系。

4 并蒂连中干，盘根系远梢：此为互文句，喻族人一脉相承、同气连枝。并蒂：几朵花蕾并生于同一根茎。中干：居中之主干。盘根系远梢：细枝末梢延伸虽远，俱与深处盘绕的树根相维系。干：树干，应读去声。

5 炎黄诚共祖，华夏俱同胞：亦为互文句，谓华夏儿女俱为炎黄子孙，故为同胞。炎黄：上古时期的两位帝王。炎帝即神农氏，黄帝即有熊氏。二人被尊奉为中华民族的祖先。

6 福绵似海滔：福气绵延，如海水一般，滔滔不绝。

串亲

素日稀来往，逢年走远戚。
开门须奉礼，谢客请随席。
幼小知亲故，成年晓礼仪。
千年儒道统，不改旧时习。

| 注释 |

1 戊戌年正月作于沪上。概括了北方春节期间串亲戚的礼仪和意义。

2 串亲：亦称走亲戚，一般从大年初二开始，持续到初八或更晚。

3 素日稀来往：平时很少走动。素日：平日、平时。稀来往：少有往来。[宋]黄庭坚《次韵张秘校喜雪》云："巷深朋友稀来往，日晏儿童不扫除。"[清]谢重辉《亲昵》诗云："亲昵稀来往，人事欣无余。"

4 远戚：远房亲戚，本义指血缘疏远的同姓宗族人员，通常超出三代，谓之为远。在此泛指关系相对疏远、平时不怎么走动的亲戚。

5 奉礼：敬献礼品。依当地旧俗，走亲戚携带的礼品无非是大米、馒头、柿饼之类，近年来随着农村生活逐年改善，礼品的花样也越来越多。

6 谢客请随席：送客前须摆席致谢。随席：同席，同桌吃饭。

7 幼小知亲故，成年晓礼仪：逢年串亲可使孩子们认新亲、知旧故，从小树立家族观念，并熟悉待人接物的基本礼仪。晓：通晓、明了。古语云，"知家风，晓礼仪"。

8 儒道统：儒家思想的体系化传承。道统：传道系统。

社戏

会聚八方客，沿传百里俗。
闻锣携凳往，叫卖摆摊出。
兴起直拍手，宵寒不动足。
犹怜怀抱者，手攥蜜糖葫。

| 注释 |

1 戊戌年正月作于沪上。记述了北方春节期间百姓于户外看戏的情景。

2 社戏：村社迎神赛会时的戏曲表演。起源于民间在土地庙举行的节日祭祀活动。

3 会聚八方客：旧时民间的节庆表演活动多在较大的中心村落进行，故每当此时，临近村庄的民众会从四面八方赶来观看。

4 沿传百里俗：社戏是大江南北共有的传统习俗，但方圆百里之内，其具体习俗往往更为接近。

5 闻锣携凳往：民间有很多戏曲活动在露天广场上表演，台下不设座席，观众听见锣鼓声，会自己拎着座凳前往观看。

6 叫卖摆摊出：社戏场合总有货郎在人群中设摊叫卖，兜售些香烟、玩具和风味小吃。

7 拍手：鼓掌喝彩或击节打拍。

8 宵寒不动足：夜晚气温陡降，而观众们陶醉于节日气氛中，全然不觉得寒冷。

9 怀抱者：抱在怀中的幼儿。

10 蜜糖葫：冰糖葫芦。以竹签串起水果并蘸上糖稀制成。

元宵

月上柳梢头，灯前戏且游。
阖家同喜乐，羁旅各哀愁。
晴满非无愿，阴缺更有求。
天机安可测？自适莫相尤。

| **注释** |

1 乙未年正月十五作于杭州。以相对视角反思世人赋予良辰圆月的美好期盼，寄托以平常心来调适己身、乐天安命的理想。

2 月上柳梢头：月亮升起，高于树梢，犹言黄昏时分。语出欧阳修词《生查子·元夕》中“月上柳梢头，人约黄昏后”句。

3 灯前戏且游：花灯前游玩戏耍之意。因中国自古有“正月十五闹花灯”之习俗，故元宵节亦称“灯节”。

4 阖家同喜乐，羁旅各哀愁：团圆之家有着共同的喜乐气氛，漂泊在外者却各有各的哀愁。羁旅：在异乡久居。羁：束缚、停留。

5 晴满非无愿，阴缺更有求：此为互文句，意谓无论阴晴圆缺，世人皆不满足，故常有所求。

6 天机安可测：天命之数，岂可猜度？天机：上天设定之机缘、命数。

7 自适莫相尤：更宜调适自我，切莫怨天尤人。适：调适。尤：怨恨。

庙会

欣逢农事节，杂艺共当街。
戏舞人潮涌，摊集声浪叠。
天明香已旺，日暮市难歇。
盛世尊传统，千秋莫永绝。

| 注释 |

1 戊戌年正月作于沪上。记述了北方春节逛庙会的繁华情景。

2 庙会：亦称节场，是与拜庙相联系的民间集市贸易活动，也是大江南北普遍盛行的民间风俗之一。凡遇新春、元宵、二月二等重要节日，都会有庙会活动。

3 农事节：农历二月二，亦称龙抬头、春龙节、农事节、春耕节。相传此日为土地诞辰，且宜敬龙祈雨。农事节起源于上古伏羲氏时代。彼时每逢此日，帝王伏羲将"御驾亲耕"。

4 杂艺共当街：庙前的街上一时间出现了展示各种传统技艺的摊位。

5 戏舞人潮涌，摊集声浪叠：唱戏、舞狮的地方人潮涌动，街市摊位上的叫卖声起伏交叠。摊集：由一个个摊位构成的集市。

6 天明香已旺，日暮市难歇：天明时分，庙里香火已然非常旺盛；夜色降临了，繁华的集市仍未歇业。

7 尊传统：尊奉传统之意。莫永绝：永莫绝，永远不要消失。

谷爱闲居

卷二

卷·首·语

乙未年（2015）冬月廿一日，余受上海师范大学委派，赴英国牛津大学开展学术访问与合作研究，历经一年。抵英之后，余相继成为牛津大学东方学系高级研究学者、沃夫森学院访问学者、电子研究中心数字文化遗产项目联合研究员、中华人民共和国教育部大学数字图书馆国际合作项目境外协调员。

访学期间，余居于杰瑞科社区国王路谷爱庭（Guy Court）寓所十八号。寓所西南向，窗台有鲜花。窗外有碧绿草坪一大片，为公共游乐之地。平日虽也繁忙，心境尚且悠闲。每当学校无事，得以静守斋中时，更觉恬淡时光美妙无比。暇时持卷静读，倦时凭窗远眺。或见群童戏耍，偶闻沉钟报时。惊觉春雨催枝叶，喜看秋色满窗台。频观天际流云飞，时有鸟雀落斋前。流年等闲度，无论晴雨晨昏，常觉诗意无限。

题下五首，乙未年岁末至丙申年（2016）陆续作于英国牛津谷爱庭寓所。谷爱一词乃由“Guy”谐音而来。

参禅

露滴千螝灭，幡动百花开。
行愿乘缘起，虞何际不该？

| **注释** |

1 丙申年农历五月廿七日作于英国牛津。题献牛津大学沃夫森学院院士、古典系古典艺术荣休教授陶安古（Donna Carol Kurtz），致敬她年逾古稀仍能矢志行愿的积极乐观，以及对生命时光的珍视。作为资深考古学家，陶安古对悠久的中华文明心存仰慕，虽年逾七旬，仍坚持学习汉语。此诗以露、虫、幡、花四个表面无关的意象，反思世间万物各有其存亡机缘和生命轨迹的普遍真理，讴歌“人生分秒皆宝贵”“心怀良愿莫等闲”的世界观。

2 露滴千蜱灭，幡动百花开：露珠滴落的瞬间，正有无数种生物抵达其生命终点；经幡晃动的刹那，亦有无数种鲜花迎风绽放。所言之意可引申为：生命短暂，每时每刻皆意义重大，每分每秒都殊胜无比。露：日间水汽在夜间遇冷后凝成的水珠，清晨随太阳初升、气温变暖而蒸发消散，常用以喻示辰光短暂。佛典《金刚经》末尾四句偈云：“一切有为法，如梦幻泡影，如露亦如电，应作如是观。”蜱：虫蛹，在此泛指各种生物。幡动：语出佛典《六祖坛经》。经中云：“时有风吹幡动。一僧曰风动，一僧曰幡动。议论不已。惠能进曰：‘不是风动，不是幡动，仁者心动。’”

3 行愿乘缘起，虞何际不该：践行美好心愿的最佳机缘，即是“愿起心头”的瞬间，为何还顾虑于此时为之是否太早抑或太晚？行愿：将心愿付诸行动，为佛教用语，源自普贤菩萨之精神、事迹。乘缘：趁着机缘。虞何：何虞，何必忧虑之意。际：边界、当口，既可指空间，亦可指时间。

持卷

闲来持卷意无边，俯观雀影入云端。

几度闻钟未觉晚，回看斜阳已落山。

| **注释** |

1 乙未年冬月作于英国牛津，记述了一段“捧卷闲读早忘时”的恬淡时光。诗赠复旦大学赵文怡博士，称羡她左琴右书，俱能研习领悟的生活状态。

2 持卷：捧书阅读之意。

3 意无边：意兴无穷。

4 俯观雀影：日光之下，云影、树影皆映于书上，似能俯见雀跃之姿。

5 几度闻钟：谷爱庭寓所临近教堂，故而频闻钟声报时。

观霞

寓所西南向，每观隅谷黄。

夕山无限色，何似迎归阳。

流云过乡土，残霞掩容裳。

又见炊烟起，暮静晚钟长。

| 注释 |

1 丙申年农历四月作于英国牛津。以落日、残霞、流云、晚钟等意象抒写乡愁。诗赠好友郑葆春，聊供异邦旅居者暇时静吟。

2 隅谷：日落之处，亦作禺谷、虞渊。《列子·汤问》载曰：“夸父不量力，欲追日影，逮之于禺谷之际。”东晋学者张湛注曰：“禺谷，虞渊也，日所入。”

3 夕山无限色，何似迎归阳：日落之际，夕山似是以绚丽之色迎接太阳回归。夕山：日落之处。彼绚丽之色实为太阳光芒渲染云层所致。此为诗意幻想之句，以“归阳”之暖，反衬“游子”之伤。

4 流云过乡土：幻变之云朵乘风远来，或曾飘过故土。

5 残霞掩客裳：残留之霞光掩映着游子的衣裳。

6 暮静晚钟长：暮色降临，往来行人归至家中，户外愈显得安静、冷清，而此时教堂的钟声更显得浑厚、绵长，亦更能触动悠然感怀之心。每当此刻，乡愁益浓。

春雨

雀窥帘下客，风弄陌上花。
细雨嫌春晚，连夜催枝发。

| **注释** |

1 丙申年农历五月廿七日作于英国牛津。抒发了作者在雨中观察自然以探寻春意的闲适心情。诗赠潮州刘元平兄，愿其多享闲适自得之趣。

2 雀窥帘下客：鸟雀落于窗台，与斋中持卷者警觉对视。

3 弄：梳捋、抚弄之意。陌：田间小径。

4 细雨嫌春晚，连夜催枝发：英伦的春天姗姗来迟，春雨自甘为使节，连夜骤作，催润万木发新芽。

中秋

月月逢三五，今宵分外亲。
虽无添景物，幸有恋家人。
暗夜吞残影，幽庭寄旅身。
帘边思旧事，相顾共沉吟。

| 注释 |

1 丙申年八月十五作于英国牛津。描写了中秋夜作者在异国他乡与亲人依偎窗前共思乡的情境。

2 月月逢三五，今宵分外亲：每个月都有十五月圆时，但中秋夜无疑令人倍感亲近。三五：十五。《红楼梦》中贾雨村在甄士隐家中做客时曾对月咏怀曰："时逢三五便团圆，满把晴光护玉栏。"

3 添景物：指应景之物，如月饼等。

4 幸有恋家人：幸好还有与之共同思念家乡的亲人在身边而不至于孤单。

5 暗夜：月亮慢慢被云层遮住，天色逐渐转暗。

6 寄旅身：寄居着漂泊之人。

7 相顾：与亲人对视之意。

华中讲学

·

卷三

卷·首·语

甲午年（2014）冬，余应武汉音乐学院音乐学系及华中师范大学音乐学院之约赴鄂讲学，居四日而返。楚地多故交，论道之余，难免聚众宴饮。时上海音乐学院赵晓生教授正连月于武音坐镇讲学。正欲寻访，遽料反受其屈尊“三顾”之礼，受宠若惊。翌日在三友陪同下参观湖北省博物馆，大开眼界。第三日赴潜江会友，随访江汉艺术职业学院，结交新朋，不胜欣喜。返程途中赋五言组诗记录此行观感，始觉圆满。

题下五首，甲午年农历十月廿六日作于鄂沪高铁上。

论道其一

遇故其二

酣宴其三

听钟其四

归程其五

论道

常兴井蛙叹，时作书虫鸣。
楚友隔山唤，千里一宵程。
道由论方显，理非辩难明。
敢问堂中客，学浅故薄龄？

| 注释 |

1 此诗以谦卑之心，对应邀讲学之事表示惶恐。诗赠武音冯欣欣博士，致谢她的热忱邀请并纪念同窗之谊。

2 常兴井蛙叹，时作书虫鸣：每每以井底之蛙自居，望空兴叹；时时埋头斋中作书虫，痴呆自语。

3 楚友：楚地之友。湖北省域旧属楚地。

4 千里：沪鄂相距一千六百余里。

5 道由论方显，理非辩难明：此为互文句，意即道理需经论辩方得显现、明了。

6 堂中客：诗人自称。

7 学浅故薄龄：因为年轻，所以学问还不到家。此为作者自谦之语。本作“薄龄故学浅”，为押韵之故而反言之。

遇故

曾为解惑师，亦作添杯友。
情趣诗间悟，义理曲中求。
机遇随缘转，落花逐水流。
今日他乡会，樽酒慰离愁。

| 注释 |

1 诗赠上海音乐学院赵晓生教授，抒发作者他乡遇故知的随缘感恩情怀。

2 遇故：巧遇故友赵晓生教授。

3 曾为解惑师，亦作添杯友：诗人在上音攻读期间，曾修习赵所开“钢琴艺术理论”“巴赫解密”等课程。课下二人乃忘年之交，时常对饮、互为添杯。解惑：韩愈《师说》云，“师者，所以传道、授业、解惑也”。添杯：《增广贤文》中有“醉后添杯不如无”之句；[明]吴从先《小窗自纪》云，“最是解所不解，有如杯后添杯”。

4 情趣诗间悟，义理曲中求：于诗文中感悟情趣，在乐曲中探寻义理。赵晓生教授卓有诗才，有《晓生诗词》行世，时与作者唱酬；又精于解析乐曲中隐藏之机密暗语，有《BACH 解密》和三卷本《时空重组：巴赫〈平均律键盘曲集〉新解》行世。

5 机遇随缘转，落花逐水流：因缘际会，犹如落花逐水，随机偶遇，不可猜度。

6 樽酒慰离愁：以樽中之酒慰藉离别之愁。樽：盛酒之器具。离愁：赵从上音退休后，应邀于全国各地云游讲学，若非他乡遇之，亦属难得一见。

酣宴

楚友闻客至，殷切备佳筵。
江城富饶地，百味列席间。
茶因故人暖，酒为知己甜。
鹤首鸿儒在，停杯忆旧年。

| 注释 |

1 此诗抒发宴饮之乐与感怀故旧之情。诗赠武音汪申申教授，致谢他与诸同事的宴请款待，以及对音乐学界诸多趣闻掌故的无私分享。

2 楚友：身在楚地之友。

3 江城：武汉别称。

4 鹤首鸿儒：头发花白、学识渊博之辈，此指武汉音乐学院汪申申教授。鹤首：白首之意。[唐] 崔融《为西京百官贺老君见表》云："皤然鹤首，至哉龙德。"鸿儒：大儒，学问渊博者。

5 停杯忆旧年：因忆起往事而擎杯在空，出神忘饮。

听钟

惊世镇国宝，荡地出封尘。
色融千年锈，声遏万里云。
华纹能断代，警响堪肃心。
一曲楚殇毕，余韵动乾坤。

| 注释 |

1 此诗记述作者在湖北省博物馆参观曾侯乙墓编钟并在武汉音乐学院试奏赝钟的感受。诗赠武音孙晓辉教授，感谢她慨允参观武音编钟厅并试奏编钟的热忱友善。

2 惊世镇国宝：曾侯乙墓编钟系战国早期的大型音乐文物，距今约两千五百年，由六十五件青铜编钟组成，重达两千五百六十七公斤，音域为五个半八度，十二半音俱全。1977 年出土时震惊世界，为我国首批禁止出国（境）展览的文物，堪称镇国之宝。

3 荡地：大地为之震荡。形容曾侯乙墓编钟以惊天动地之势破土而出。封尘：封存文物之尘土。

4 色融千年锈：千年铜锈与泥土混合，最终呈现为青灰色。

5 声遏万里云：其声美妙，能令万里云霞流连而凝止。典出“响遏行云”。《列子·汤问》载曰：“薛谭学讴于秦青，未穷青之技，自谓尽之，遂辞归。秦青弗止，饯于郊衢，抚节悲歌，声振林木，响遏行云。薛谭乃谢求反，终身不敢言归。”

6 华纹能断代：铜钟表面有华美浮雕与篆刻铭文，可据以推断年代。

7 警响堪肃心：钟声浩荡如警示，令人心神肃穆。

8 楚殇：曲名。亦作“楚商”，因楚乐多用商音，故称。

9 余韵动乾坤：钟声悠扬绵延，引发天地共振。

归程

倦卧临窗望，遍地衰草黄。
寂旅长堪寐，闲梦弈楚王。
乌龙穿叠岭，白鲸跃散塘。
几番抬睡眼，依旧在渔乡。

| 注释 |

1 此诗描写作者在返程列车上凭窗远眺的景象与心情。

2 寂旅长堪寐：旅途时光寂寞而漫长，当以睡眠打发。堪：足以、能够。寐：睡着。

3 闲梦弈楚王：在无聊中入睡，梦见与楚王下棋。弈：对弈。

4 乌龙穿叠岭：铁轨蜿蜒，在层层山岭中穿梭，谓途中隧道众多。乌龙：代指铁轨，翻山越岭如黑色长龙。

5 白鲸跃散塘：高铁列车疾速奔行，如白色巨鲸一般飞跃了无数鱼塘。白鲸：白色鲸鱼，喻言高铁。因高铁车身皆为白色，其车头多采用流线型设计，貌若鲸首。散塘：野外散布之鱼塘。

云栖竹径

卷四

卷首语

题下六首，丁酉年（2017）五月夏至前补记于沪上。原题《杭州会后与牛津同事邵玉书兄同游云栖竹径》。诗赠好友邵玉书，以志同游之谊。

邵玉书（Joshua Seufert, 1980–）：德国人。图书情报学家、汉学家。曾先后担任英国牛津大学、美国普林斯顿大学图书馆中文部馆长。余于丙申年（2016）在牛津大学访学期间，曾与之亲密共事。云栖竹径位于浙江省杭州市西湖区五云山麓云栖坞景区，被誉为"新西湖十景"之一。以其静幽、翠茂、苍古、深邃，常令游人流连忘返。

绿竹径

青姿若仪仗，风雨为君开。
造化殷勤设，蝴蝶接引来。

| 注释 |

1 此诗以“造化有情”反衬游兴之高。

2 青姿若仪仗：山林之中有夹道之青竹，枝叶于高空连理交互，形如仪仗。

3 风雨为君开：杭州市连日阴雨，当日游览时，忽放晴。

4 造化殷勤设：大自然仿佛通晓人情，于山林中布设了迎宾仪仗。殷勤：热情周到。

5 蝴蝶接引来：林中彩蝶殷切飞来，召引嘉客。

五云山

竹边瞻圣迹，云顶觅仙踪。
沿路亭三五，渐隐万丛中。

| 注释 |

1 此诗描写登顶五云山途中的观感。以“亭渐消隐”的动态意象，反衬山势之高、丛林之茂、经行之远。

2 五云山：得名于民间传说。相传观音大士去西天瞻拜佛祖，途经此山，流连忘返，遗落莲花，化为五色祥云。

3 圣迹：指莲池大师墓。莲池大师（1535-1615）俗姓沈，出家后居于云栖寺，在当时影响深远，后被推为“明末四大高僧”之首。

4 云顶觅仙踪：于彩云之巅，访觅仙人踪迹。相传五云山顶常有五色云霞缭绕，似有仙人栖居。

林中蝶

浓荫透光影，幽径满苔痕。
彩蝶忽飘过，穿林无处寻。

| 注释 |

1 此诗以浓荫蔽日、青苔铺径、彩蝶穿行来描写山林之幽深、古老、神秘。

2 浓荫透光影：丛林茂密，足堪蔽日。风吹树摇时，有光影斑驳闪烁，透射林中。

3 幽径满苔痕：石径青幽，石缝中生满青苔。

枫香树

根断黄泉水，枝遏九霄云。
日月相逐老，沧桑又几轮？

| 注释 |

1 此诗以夸张的手法表达了一棵参天古树带给人的感叹和遐想，诱人陷入对时光的凝思。

2 根断黄泉水：极言其根系庞大、向下无限延伸，似能通往阴曹地府，阻碍黄泉之水。《孟子·滕文公下》有句云：“夫蚓，上食槁壤，下饮黄泉。”

3 枝遏九霄云：极言其枝叶茂盛、上可参天，阻断天上流云。遏：阻止。九霄：九重天。古代传说中，天有九重，与地府九泉相对。

4 日月相逐老：日月交替、彼此追逐之际，时光飞逝、岁月变老。

5 沧桑又几轮：极言树木之老，意谓沧海与桑田经历了多次轮转。沧桑：典出成语“沧海桑田”。晋代葛洪《神仙传·麻姑》载曰：“麻姑自说云：‘接侍以来，已见东海三为桑田。’”后以“沧海桑田”比喻人世无常、历经剧变。

密云亭

林间久试翼，何故不高飞？
遍览山色足，犹待载墨归？

| 注释 |

1 此诗以拟人笔法与林中亭做意念交流。接连两个疑问句，反映出诗人殷切试探的心态。

2 试翼：亭状，四角翘起如振翅待飞。典出欧阳修《醉翁亭记》“有亭翼然临于泉上者”之句。

3 遍览山色足：亭立山林之间，惯看山间四季，久历风雨晨昏。

4 犹待载墨归：难道还要等到满载游人的墨宝，才肯归去吗？

真际寺

古殿圣像杂，荒院碑廊空。
散客庭间坐，经久不闻钟。

| **注释** |

1 此诗以正反两种笔调，记述了一座深山古寺的萧条景象。

2 圣像杂：该寺中杂陈着佛、道两家的塑像。

3 碑廊空：碑廊前不见游人。碑廊：长廊之侧，有大小石碑一字排开，嵌于墙体，碑上刻写着名人游历时所题诗句。

4 经久不闻钟：谓寺院荒凉，无人执勤、打理。钟：寺院中报时、集众所用的法器。

品茗三则

卷五

卷·首·语

余爱茗。诸色各类，皆有兴品之。每于斋中独坐，案头不离茗杯。彼生天地之间，顺应四时之气，广摄自然精华，成就万千品性。净心而品之，可得物我相亲、天人相合之趣。时而设席会友，把盏倾谈，常能乘兴神游，忘迹于云霄之外。乃知茗中况味，为人生之不可或缺也。

题下三首，丁酉年（2017）作于沪、杭两地。诗赠杭州黄晨夫妇，致敬其崇尚之茶人情怀：和、敬、清、雅。

茶兴即咏

入口一杯茶，心清天地宽。
脑海几多事，乘兴挂云端。

| 注释 |

1 此诗写于丁酉年正月廿九日做客杭州之际。作者自注曰：寥寥数语中呈现天、地、云、海的开阔意象，极咏茶兴之高。

2 脑海几多事，乘兴挂云端：谓凭一时之兴，可将诸多烦恼抛之九霄云外。

春饮茅乡

丛林之中茅家埠，古道蜿蜒向茗屋。
园角栏边听闲语，嗅罢香梅数青竹。

| 注释 |

1 丁酉年正月廿八日作于杭州。以品茶、听语、嗅梅、数竹等意象，表现悠然闲适的意兴。

2 茅家埠：位于杭州市西湖区杨公堤附近，为远近闻名之茶乡。

3 园角栏边：庭园角落、栏杆边。

设席值雨

濯杯借帘雨，引客凭炉香。

闻铃晓君近，设座依南窗。

| 注释 |

1 丁酉年腊月初四大寒日作于沪上斋中。此诗以委婉的笔触抒发“嘉客远来，不亦乐乎？”的情致。

2 设席值雨：在雨天备设茶席之意。

3 濯杯借帘雨：借帘上之雨清洗茗杯。濯：洗。屈原《楚辞·渔父》云：“沧浪之水清兮，可以濯吾缨；沧浪之水浊兮，可以濯吾足。”周敦颐《爱莲说》言：“出淤泥而不染，濯清涟而不妖。”

4 引客凭炉香：于炉内焚香召引嘉客。

5 闻铃：主人家的门铃或电话铃。若以古意猜度，还可指来客所乘坐骑颈上所悬之铃，或嘉客随身玉佩的清脆交鸣之声。

6 南窗：向南之窗，此为虚指。陶渊明《归去来兮辞》有“倚南窗以寄傲”之句。

礼佛五则

卷六

卷·首·语

余久怀向佛之心。尚禅修，食净素。根器虽浅，亦深信佛经中有大智慧，能解世间苦。偶于寺间礼佛，内心倍觉清静，颇多省思。俗世多纷扰，易令人迷失。欲得心智清明，何妨暂避尘嚣，且于兰若之内，沐香闻钟？

题下五首，丁酉至戊戌年间（2017—2018）作于舟山和上海。

普陀山礼佛途中暮次天竺山庄

幽山藏古寺，寂寂晚钟鸣。
暮遣游人散，汐敷画岸平。
林巢栖宿鸟，天幕演繁星。
造化生禅意，虚心共谛听。

| 注释 |

1 丁酉年正月十七日作于普陀山，抒写夜深人静时深山古寺中万般自在、各得其所的禅意。诗赠张毅、吴艳夫妇，感恩同修之缘。此诗以寥寥数句勾勒出古寺静、晚钟鸣、汐水起、海岸平、游人散、栖鸟宿、夜幕降、繁星出等一系列画面。

2 暮次：傍晚时分于旅途中寄宿之意。次：住宿。

3 天竺山庄：旅店名。位于普陀山海天路，近佛顶山慧济禅寺。

4 汐：傍晚时分涨落的潮水。

5 画岸：沙滩上布满足印与涂鸦，故称。

6 谛听：原为地藏菩萨经案下所伏的通灵神兽，善以敏锐听觉分辨世间万物，后引申出“仔细倾听”之意。

与诸同修随金刚上师共瞻金陵佛顶宫

三月金陵登牛首，漫山桃李正芳菲。
晨钟徐鸣肃心地，春风忽过撩人衣。
凝神止语入华殿，宝相庄严暗称奇。
更瞻佛陀舍利子，意驰千里驷难追。
绕塔三匝齐诵经，声随信念凌空飞。
临别上师亲灌顶，从今逐笔有灵随。

| 注释 |

1 作于丁酉年三月初四清明前。以浅显的字句叙说了一次礼佛的经历。题献金刚上师所朗彭吉尊，致敬其十年间不辞辛劳来汉地弘法的慈悲之心。

2 金陵佛顶宫：位于南京市江宁区牛首山遗址公园，因供有释迦牟尼佛顶骨舍利而得名。金陵：南京古称。

3 宝相庄严：佛教用语，指佛像庄重，使人敬畏。

4 佛陀舍利子：此处指释迦牟尼佛的头顶骨舍利。佛陀：释迦牟尼佛。舍利子：释迦牟尼遗体焚烧之后结成的珠状物，后亦泛指佛教修行者死后火化的剩余物。

5 驷难追：驷马难追之意。驷：顾名思义为四马，古人以四匹马共驾一车，故称。

6 绕塔三匝：绕行佛塔三周，为礼佛仪式之一。绕塔时须当向右，恭敬至诚，合掌当胸，收摄眼根，杜绝闲语，持念佛号，且不得踏伤虫蚁。

7 灌顶：由头顶灌注智慧之力，以驱除障碍，洁净身心等，为藏传佛教的基本仪式之一。只有德高望重的金刚上师方能对信众行灌顶之礼。

8 逐笔：走笔，引申为书写。

华亭品斋后夜游西林禅寺

市心孰料有洞天，红尘隔断一围间。
禅院二重皆幽雅，如来五方俱庄严。
宝墨千秋题檐下，奇葩四季绕塔边。
石雕灯柱照佛影，铜铸香炉生法烟。
世风已随衣冠改，香火犹伴钟鼓传。
晚来天寒客已散，闻梅月下意空然。

| 注释 |

1 戊戌年正月作于上海松江。以反衬笔法述写西林禅寺的古老、精致及夜色下的清幽。题赠朱林蕾、卢缓夫妇，以志大年初三晚于此同游共餐之欢。

2 华亭：松江古称。西林禅寺址在松江区华亭老街。品斋：品尝素斋。寺内放生池西侧有一精舍名曰西林素斋，对外营业。西林禅寺：始建于南宋咸淳年间，明正统年间，明英宗亲赐匾额，敕封“大明西林禅寺”。

3 市心孰料有洞天：不曾料想闹市街心竟别有洞天。谓西林禅寺乃闹中取静之所。孰：谁。洞天：道教语，指神仙所居之所，谓洞中别有天地。引申为灵山宫观。此指西林禅寺。

4 红尘隔断一围间：寺院以围墙隔开了神圣与凡俗两个世界。红尘：凡俗世界。寺院之外为闹市街区，故称。

5 禅院二重：西林禅寺规模小，仅两重殿院。

6 如来五方：五方如来、五方佛。后院毗卢殿供奉着五方如来，即东方阿閦佛（不动如来）、西方阿弥陀佛（无量光如来）、南方宝生佛（宝生如来）、北方不空成就佛（不空成就如来）、中央毗卢遮那佛（大日如来）。

7 宝墨千秋：寺中有历代高僧名士之题词悬于殿墙。宝墨：笔迹珍贵之意。

8 奇葩四季绕塔边：圆应塔周围遍设石案，其上摆放着精致的盆景，四季生长，轮流开花。

9 石雕灯柱照佛影：后院多有石柱，其顶四面镂空成佛像轮廓，其内置灯，夜晚灯影分明，如佛陀静坐。

10 世风已随衣冠改，香火犹伴钟鼓传：自南宋以来数百年间，世人服饰已几经更替，社会风气也在历时变迁，而西林禅寺的香火却能伴随晨钟暮鼓绵延不断。

11 意空然：意念空空无挂碍。语谓寺院之清幽古雅，令人心清意净无杂念。

无锡小灵山

仰瞻瑰丽梵宫有所思

西竺灵山到东土，旧为玄奘经行处。
小刹沧桑历风雨，大佛巍峨接云雾。
贞观古井引陆圣，祥符莲池念吕祖。
五印城中生奇香，九龙坛边降甘露。
湖畔高耸瑰丽宫，殿内齐集珍宝物。
美饰装点黄金厅，精雕布满白玉柱。

廊顶祥云穿斗拱，凿井繁星铺穹幕。
飞天乐伎悬空舞，济世弥陀腾云伫。
莲花座上现佛身，须弥灯下炫人目。
琉璃世界障眼法，玄妙法门依心术。
礼佛岂为图观感，得道终究赖觉悟。
菩提树下托钵僧，洞彻浮华从俭素。
娑婆世中痴迷者，崇慕奢雅弃质朴。
客稀敝寺闲留雀，人稠华殿忙趋鹜。
靡银亿万设关阋，博取民资无尽数。
舍财犹须发慈悲，谋利还当思黎庶。
惟愿当局广布施，四方生灵得普度。

| 注释 |

1 丁酉年冬月作于无锡。记述了作者在灵山礼佛时的观感，表达了对佛教文化中的奢靡之风的感慨和忧思。小灵山：位于江苏省无锡市，相对于印度灵鹫山而言。相传唐玄奘西天取经归来后曾游历此地，见“层峦丛翠”而赞曰“无殊西竺国灵鹫之胜也”，遂称此地为“小灵山”。灵山梵宫：坐落于无锡太湖之滨，是一座集文化、艺术、旅游、会议等功能于一身的现代建筑，以奢华壮丽著称。2008 年正式建成开放，2009 年曾作为世界佛教论坛的主会场。

2 西竺：也称西天竺或西天，指印度。

3 小刹：小灵山刹，建寺于唐贞观年间，北宋祥符年间更名为祥符禅寺。

4 大佛：灵山胜境的著名景点，为铜铸的释迦牟尼佛像。通高八十八米，铜铸七百吨，焊缝长达三十五千米。

5 贞观古井引陆圣：贞观年间该寺建有六角、八角古井各一。前者遗迹尚存，又名茶坊井。相传茶圣陆羽云游期间曾觅茶于此，因品井泉甘洌而推崇备至。

6 祥符莲池念吕祖：祥符年间所建的葫芦形白莲池中盛产无尾螺蛳，让人想起吕洞宾。相传道教祖师吕洞宾曾于中秋夜在此酣饮，并以螺蛳佐酒。酩酊大醉后迷失于太湖之上，得遇螺蛳精所化美女引路。因感其诚，遂将盘中去尾螺蛳悉数投于白莲池内令其活命，自此不再食螺蛳，而池中螺蛳故多无尾也。

7 五印城中生奇香：灵山胜境中设有五印坛城，为藏传佛教和藏族艺术文化的荟萃之所。此中藏香常燃，气味浓郁。五印：佛手的五种姿势，分别为说法印、施无畏印、与愿印、降魔印、禅定印。

8 九龙坛边降甘露：灵山大佛广场上定期举行“九龙灌浴”的音乐喷泉表演。其时，以青铜雕刻的九条龙环绕成圆形，向正中高柱上铜质莲花瓣中全身鎏金的佛太子雕像喷水，以行沐浴之礼。

9 斗拱、凿井：俱为建筑术语。前者用于屋梁承重，后者用于提升空间。

10 飞天乐伎：壁画中手持乐器飞舞的女子。腾云伫：乘驾云雾，悬立空中。伫：久立。

11 须弥灯下炫人目：梵宫的穹顶上安置了无数的景泰蓝五彩须弥灯，能发出绚丽夺目的光芒。须弥：据梵文音译的山名，意为妙高，故也称妙高山，佛教誉之为诸山之王、世界中心。

12 琉璃世界障眼法，玄妙法门依心术：光怪陆离的世间幻象令人眼花缭乱而看不清真相，深奥精妙的得道解脱之法需要用心修炼。琉璃世界：灵山梵宫内有大型五彩琉璃作品曰华藏世界，或称莲花藏世界，即从莲花中生出的无数个大小世界，重叠密布。人类生活的娑婆世界仅为其中之一。

13 图观感：为了视觉上的刺激和享受。

14 菩提树下托钵僧：言指释迦牟尼佛于菩提树下证悟事。托钵僧：僧人托钵化缘，故称。

15 客稀敝寺闲留雀，人稠华殿忙趋鹜：古老的寺院（指祥符禅寺）因香客稀少而庭院清冷，门可罗雀；华丽的宫殿（指灵山梵宫）则游人众多，趋者若鹜。敝：破旧。

16 靡银亿万：梵宫的建造耗资十八亿元。设关阀：指设置关卡收取门票。博取：获取，亦引申为以贸易方式换取。

17 舍财：指花费巨资修建华丽梵宫事。花钱礼佛是“行供养”的方式之一，以明示对心爱之物的敢舍之心。谋利：指门票收入。黎庶：平民百姓。

扬州大明寺
感怀鉴真东渡事

古寺千秋称大明，佛塔九层号栖灵。
苍木犹比深井古，高堂似与远山平。
仙人馆内龙蛇迹，天王殿外江涛鸣。
八方贤士凡至此，无人不叹扬州僧。
一诺精诚怀使命，万般艰阻斩棘荆。
骇浪险礁频致死，强盗官匪更绝情。

腹馁晕航生疾病，未出领海已失明。
随从变节犹加害，仍怀大愿誓笃行。
五度出海均告败，再经九死到东瀛。
传医弘法兼授艺，奉命统领众尼僧。
设坛建寺广收徒，亦有高师与辩经。
澄清异见立法统，律宗初祖垂英名。
天皇赐邸加封号，身后功德誉汉廷。
千两百年弹指过，惟愿双烛共长明。
孰料东邻不安分，至今黩武扰清宁。
宜当知恩更守节，报我唐僧教化情。

| 注释 |

1 戊戌年三月作于扬州，记述了拜谒大明寺鉴真纪念馆的观感。大明寺位于扬州市西北郊蜀冈，因初建于南朝宋孝武帝大明年间而得名。隋代改称栖灵寺、西寺，唐末称秤平寺，清乾隆年间更名法净寺，1980年复名大明寺。诗赠牛津大学中文系主任、荷兰籍汉学家田海（Barend ter Haar）教授，致敬这位国际友人在研究和传播中国传统文化和民间信仰方面所做出的突出贡献。

2 苍木、深井：大明寺西园内，古木参天、怪石嶙峋。有古井一口，泉水甘甜，号称天下第五泉。高堂似与远山平：化用大殿西侧平山堂之来历典故。此堂为北宋欧阳修任扬州太守时所建，因地势居高，可平视远山而得名。堂前题联曰“过江诸山到此堂下，太守之宴与众宾欢”，堂内另有匾额，上刻“远山来与此堂平”之句。

3 仙人馆：平山堂所在的“仙人旧馆”，门匾为清光绪年间该寺住持、欧阳修裔孙星悟禅师所题。龙蛇迹：指欧阳修的书法遗迹。后任扬州太守的苏东坡在《西江月·平山堂》中写有“十年不见老仙翁，壁上龙蛇飞动”之句。天王殿外江涛鸣：化用寺院东侧平远楼旧联中所云“涌来槛外涛声”句。

4 扬州僧：指唐代高僧鉴真法师，曾为大明寺住持，俗姓淳于，扬州人。

5 一诺精诚怀使命：唐开元二十一年（733），日本僧人荣睿、普照奉命延请鉴真赴日传戒，鉴真诺之，言“是为法事也，何惜身命”，遂决意东渡，担当起弘法的使命。精诚：至诚，真心诚意。

6 骇浪险礁：鉴真第二次东渡时在长江口遭遇风暴而沉船。再次启航后又遇狂风，漂流到了舟山群岛之中。第五次出行时在东海上又遭遇狂风袭击，连续漂流十四天方才见到陆地，始知已到三亚。第六次出行时，一行船队中途失散，其中一艘船触礁搁浅。

7 未出领海已失明：鉴真第五次东渡期间途经岭南韶州，因劳碌奔忙且水土不服而罹患眼疾，未得及时救治而致双目失明。

8 随从变节犹加害：鉴真在首次东渡之前，其弟子道航、如海发生争执，如海大怒，便向官府诬告鉴真此行欲与海盗勾结攻打扬州。时海盗猖獗，官府信之，将一行人全部拘禁，并勒令日本僧人回国。首次东渡就此夭折。

9 五度出海均告败，再经九死到东瀛：鉴真受命之后，在十余年内曾六次尝试东渡，历经风浪、触礁、迷航、晕船、饥饿、疾病、海盗袭击等磨难，前五次均告失败，第六次终于成功，时年六十六岁，已患病失明。东瀛：日本古称。

10 传医弘法兼授艺：鉴真留日期间，除讲解佛学理论之外，也传授中医和中式建筑的学问，对日本的佛学、医学乃至建筑和雕塑艺术的发展均有重要贡献。奉命统领众尼僧：鉴真曾被敕封为“大僧都”，统领一切日本僧尼，规范其修行方式。

11 亦有高师与辩经：兴化寺的贤璟等人曾就“自誓受戒”的合法性问题与鉴真在兴福寺公开辩论，终被折服。

12 澄清异见立法统：当时日本社会中常有托庇佛门而规避徭役赋税之事，奉命掌管戒律的鉴真也以肃清这一乱象为务。但相关措施遭到了自誓受戒者的反对，随后屡经辩论和倡导，自誓受戒者终于舍弃旧戒、服膺于鉴真的倡议。律宗初祖：鉴真在日本弘法十年，开创了律宗一脉，七十六岁时在该国招提寺圆寂。

13 天皇赐邸加封号：鉴真大师于 753 年抵达日本，756 年被天皇加封为“大僧都”，758 年的皇室政变使该名号作废。新任天皇将死于宫斗的原皇太子府邸赐予鉴真，鉴真就地建寺，天皇赐名“唐招提寺”。

14 双烛：鉴真所在的日本奈良唐招提寺，曾于 1980 年向扬州大明寺赠送石灯笼一只，与本寺所留合为一对，以示中日之谊万古长存。双烛即指笼中烛火。

15 东邻：代指日本。黩武：滥用武力。

述梦四则

卷七

卷·首·语

梦境之虚幻离奇，常匪夷所思。微博初兴之际，余每得奇梦，必以微文体所允之百四十字记之，自称“微言述梦”。时隔多年偶阅之，仍觉惊异不已。转思若非及时捕录，恐已遗忘殆尽。近年来琐务繁忙，异梦偶得之际，往往有兴而无暇，徒任其消散于脑海。时觉梦境中有天机昭示，玄妙隐秘，一时难解。倘能速记之以供反思，并留待与现实相映照，焉知不能有后觉之喜？

题下四首，癸巳至戊戌年间（2013—2018）陆续作于沪上。

离恨

昨梦千年后，孤身入凡尘。
朦胧故乡远，寂寞空庭深。
阶黄覆苔绿，废锁倚枯门。
壁隙生罗网，卷面印爪纹。
怎敢轻举步，微响亦惊心。
岂忍频移目，茕影对黄昏。
孰言长生好，独朽无天伦。
所恋皆作古，何必苟此身！

| 注释 |

1 此诗作于癸巳年深秋，刻画了一位遗世独存者的千年惆怅与万世孤寂。作者题记曰：“昨夜秋风萧瑟，梦得一场凄凉；隔世又还乡，亲人作古旧宅荒。无限惆怅。”诗赠熙宜居士，致敬其孜孜修行的出离心。

2 凡尘：凡尘俗世、人世间。

3 阶黄覆苔绿：石阶之上遍布黄叶，石缝之间则蔓生青苔。

4 卷面印爪纹：书卷蒙尘，有鼠类经行其上。

5 微响亦惊心：因遍地枯叶，故每举一步，辄闻叶碎之声，乃于死寂之中令归来客魂颤心惊。

6 独朽无天伦：孤独终老，绝无天伦之乐。

7 苟此身：复以此身苟活于世。

梦君

昨梦君驾到敝庭，喜出望外举家迎。
平时止于画屏见，今朝紫气萦东风。
倾谈不觉晌午至，日暖风熏倦意萌。
和衣高卧上房东，隔屏隐隐闻鼾声。
低语畏惊嘉客梦，殷心欲尽道主情。
先置佳肴再沽酒，轻唤小侄与随行。
频唤不来急时醒，长夜依稀过五更。
迷蒙犹追梦中事，辗转寻思到天明。

| **注释** |

1 此诗作于丁酉年正月十二，记录了一个耐人寻味的梦境。

2 君驾：作者自注曰“当朝天子驾”。

3 画屏：画幕荧屏。

4 紫气萦东风：紫气东来之意，此喻贵人临门。紫气：紫色云气，古人谓之为祥瑞之气，附会为帝王、圣贤出现之预兆。《列仙传》载曰：“老子西游，关令尹喜望见有紫气浮关，而老子果乘青牛而过也。”

5 上房东：堂屋之东。上房：堂屋，在传统四合院建筑中位于正面。

6 隔屏：隔着屏风。屏：屏风，陈设于室内用于挡风或分隔空间而用的一种家具。

7 道主情：地主之谊。道主：此为东道主。

8 沽酒：买酒。沽：买或卖。

9 依稀：仿佛、约莫。[宋] 梅尧臣《至和元年四月二十日夜梦蔡紫微君谟同在阁下食樱桃蔡云与君及此再食矣梦中感而有赋觉而录之》诗云：“滉朗天开云雾阁，依稀身在凤凰池。”

10 迷蒙：形容印象模糊。

11 辗转：翻来覆去（睡不着）。

凤鹤

依稀故园荒泽中，白鹤振翅忽腾空。
披霞旋舞化彩凤，闲落身旁抖冠翎。

| 注释 |

1 作于丁酉年冬月廿一日清晨。题献徐朗、陈汝永夫妇，祝愿其安享遐龄、松鹤长春。作者记曰：“昨夜梦中，有鹤凤来仪。依稀故园中，有鹤群一飞冲霄。凌空盘旋之际，白翅忽生异彩，光艳无比，不禁惊叹。俄顷，但见其彩翼收敛，化为凤凰，降落身边。金凤、丹凤、蓝凤，三五成群，悠然行走，神情灵动。时于梦中喜言：‘异哉斯景，诚当铭记。’”来仪：指杰出之人或祥瑞之物降临。典出“凤凰来仪”。《尚书·益稷》载曰：“箫韶九成，凤凰来仪。”

2 依稀故园荒泽中：仿佛回到了废弃已久的自家宅院，置身于荒芜的泥塘中。依稀：约莫、恍惚之意。泽：聚水的湿地。

3 振翅：鼓翼，扇动翅膀。

4 披霞旋舞：沐浴着霞光而盘旋舞动。

5 闲落：悠闲地降落。

6 抖冠翎：头顶花翎于踱步之际微微颤动。冠：平声，本义为帽子。凤凰头顶生有花翎，状如缨帽，故以冠喻。

流年

流年逝如水，所忆皆浮云。
得梦穿烟霞，不自主神魂。
恍识东郭路，旷野空无人。
疑见护城河，今已久不存。
儿时河冰坚，童戏芦丛间。
学途每逐闹，志短不忧天。
过桥数门户，故宅颜东垣。
时将兴土木，狼藉满屋前。

树高院尤小，夜静巷更深。
苍梧时犹在，英落半庭分。
池栏栖花影，石凳洒松针。
月上东边天，锄倚西厢门。
高堂坐中正，仪态真年轻。
共话悉如常，相视略无惊。
灯下旧几案，壁上古条屏。
独我意穿越，怅然百感生。
未卜知当今，世风随转轮。
荏苒三十年，易容更摧身。
那堪重历历，霜雨兼风尘。
芳华莫相夺，愿报时翁恩。

| 注释 |

1 此诗作于戊戌年暮春时分，记述了一次穿越时空回故乡，过往时光又重来的奇异梦境，表达了作者对流年似水、生命衰微的感伤。此诗题献给作者的父母，愿他们平安长寿。

2 所忆皆浮云：人类的记忆只能浮光掠影地抓取关于过往的一些片段，如天空中飘浮的云朵一般涣散无定。

3 穿烟霞：穿越于迷乱纷扰的记忆云雾之间。烟霞：烟雾、云霞，在此比喻梦中记忆的朦胧多彩。不自主神魂：梦境之中，神魂变得不由自主。不自："自不"的倒装。[唐]王维诗《西施咏》言："邀人傅脂粉，不自著罗衣。"又如成语"不自量力"。

4 恍、疑：恍惚、疑似，指梦中情景的不确定状态。郭：城池的外围。

5 学途每逐闹：每每在上学或放学路上追逐打闹。志短不忧天：因无远大志向而无忧无虑。忧天：乐天的反面。

6 数门户：挨户辨认是否自家门庭。颓东垣：东墙坍颓。

7 兴土木：指盖房子。作者自注曰"即筑街屋"。

8 英落半庭分：梧桐树的落花铺了半个院子。

9 池栏：井池的护栏。栖花影：花影静伏，如在睡梦中。语化[唐]常建《宿王昌龄隐居》"茅亭宿花影，药院滋苔纹"之句。松针：松叶尖细，故称。

10 高堂：对父母的敬称。古代父母的居室为堂屋，位于家宅正中，故以堂屋代指父母。[唐]韦应物诗《送黎六郎赴阳翟少府》有句云："只应传善政，日夕慰高堂。"

11 略无：毫无，一点儿也不。

12 条屏：书画装裱的一种形式。单独悬挂者称条幅，多幅并挂者称条屏。

13 世风随转轮：世道风尚的变迁更替，如车轮转动般频繁、轻易。

14 荏苒：时光渐渐流逝。易容、摧身：因岁月侵蚀而面容颓变、身体衰老。

15 那堪重历历：怎么忍心让时光催人老的事情再发生一遍。那堪：如何忍受。重历历：再一次分明呈现。历历：清晰分明状。

16 芳华莫相夺，愿报时翁恩：奉请时光老人不要夺走父母的青春年华，我宁愿为此付出代价。芳华：比喻人生之中的美妙年华。时翁：时光老人，指岁月、时间。

示徒三则

卷八

卷·首·语

题下三首，乙未年（2015）初夏作于沪上。原题《缅王求真教授留赠三爱徒》。同事王求真，上海人，儒雅高贵。年届花甲，遽然病故。所遗在读硕士生三名，托付本人。不才新任硕导，尚无经验，况三徒所习科目亦非本人所专。无奈既蒙重托，只能于惶恐中觍颜受命。幸赖天意成全、慈灵保佑。越明年，三徒学业如期告毕。今毕业典礼在即，适逢故人周年祭。百感交集，沉吟此句。

诗赠三位研究生：白静、胡玥、邬欣澄。聊对冥冥中注定之师生缘分示以珍重。

惜缘

人生如过隙，机缘未可知。
偶叹今朝事，悉为有先时。

| 注释 |

1 此诗以平白的字句抒发对生命中因果轮回的感叹。

2 人生如过隙：人生在世，如白驹过隙般迅疾而短暂。《庄子·知北游》载曰："人生天地之间，若白驹之过隙，忽然而已。"白驹：小白马，借指太阳。过隙：跨越缝隙。

3 机缘：机会、缘分之意，佛教用语。

4 偶叹今朝事，悉为有先时：偶然发觉，原来今时诸事皆有昔日根由，不免感叹。悉：都。作者自注曰："六年前的夏天，正当本人从上音博士毕业之际，王求真教授在一次来电中通知我前往上海师大应聘，并在电话中叮嘱再三，十分殷切。我入职之初曾由王老师带教，不想六年后，轮到我来承接王老师遗留的任务。可见因缘际会，常令人始料不及。"

拾锄

迷途入芳圃，拾锄且耕耘。
春来香满院，不见种花人。

| 注释 |

1 此诗以托物比兴的笔法缅怀同事，抒发“其愿得偿”而“其人不在”的感伤。

2 迷途入芳圃：陌路途中，偶入花园。喻指诗人初任导师即膺重任。芳圃：花园。

3 拾锄且耕耘：承接遗任，以尽园丁之职。三位研究生皆因其原任导师过世而转至诗人名下，故以“拾锄”为喻。耕耘：原为犁地锄草，后泛指农务，在此指代园丁之职。世人常以园丁比喻教师，故有此句。

4 春来香满院：冬去春来，故园所遗之花皆已盛开。比喻三位研究生学业已成、行将毕业。

5 不见种花人：拾锄客于花丛中怅然环顾，望不见故园之主。暗指昔人长逝。

寄语

苑内春光美，王孙勿掩扉。
南山藩篱外，蝶燕正逐追。

| 注释 |

1 此诗以小花园与大自然作比，告示学生不宜因毕业而自满，应志向远大、视野开阔。

2 苑内春光美，王孙勿掩扉：纵使艺术百花园内春意盎然，苑中学子亦不能与外界隔绝而甘为井蛙。苑：旧多指帝王花园，后亦指文艺园地。王孙：旧指贵族子孙，亦指隐居之人，此喻苑中学子。[西汉] 淮南小山《楚辞·招隐士》中有“王孙游兮不归，春草生兮萋萋”之句。掩扉：关门，引申为与外界隔绝。

3 南山藩篱外，蝶燕正逐追：学苑门墙之外，更有广阔天地，学子们风华正茂，当有一番作为。南山：虚指户外遥远处。[晋] 陶渊明《饮酒》诗中有“采菊东篱下，悠然见南山”之句，所言“东篱”“南山”皆为虚指。藩篱：原指竹木所编之篱笆、栅栏，引申为门墙、界限。

睡莲三咏

卷九

卷·首·语

余爱赏花。沪上斋中，时有瓶插鲜花置于琴台书案，怡神养眼。一朝与花农约定，每周辄有新花寄来。玫瑰、百合、绣球、洋兰……每周换新种，经年不重样。偶一次，寄来紫睡莲数枝。锥苞修茎，通体青绿，形如玉笔，甚是可爱。待移步池边，手剥青盖，灌水茎中，即见有细流于苞心渗出。当此时，花瓣微耸，如蓄势而待发。修剪入瓶两三日后，紫颜绽放，斗室生香。室缀之可以增辉，人嗅之可以脱俗。花开周许，金蕊始张，是为凋谢之兆。自此数日间，紫瓣徐垂香渐退。然其虽败犹洁，并无异味，不似玫瑰诸类。始悟莲花之圣洁，名不虚传。

题下三首，丁酉年（2017）岁末作于沪上。题献师娘赵小红教授，以表敬仰感恩之心。

妙美其一

幽香其二

圣洁其三

妙美

迢递千里入堂来，含羞紧锁玉女怀。
绝尘且除青衣去，生香更待紫颜开。

| 注释 |

1 此诗以拟人笔触歌咏睡莲花苞，将其喻为羞怯、脱俗的美少女。

2 迢递千里：所咏之睡莲花苞自广州城邮寄而来，沪粤相距约三千里。

3 含羞紧锁玉女怀：睡莲花苞形如青锥，茎修长，似玉女婷立，羞谦颔首。

4 绝尘且除青衣去：剥落青壳，以除却运途中所沾风尘。青衣：睡莲花苞以硬质青瓣为壳，插花水培时宜将青瓣除去，并引清水倒灌茎中。

5 紫颜：睡莲花有多种颜色，此诗所咏为紫睡莲。

幽香

青衣紫瓣黄金蕊，琴旁案角总相宜。
一阵幽香侵肺腑，身轻意净早忘机。

| **注释** |

1 此诗咏睡莲花之清雅与幽香。

2 青衣紫瓣黄金蕊：紫睡莲花苞外有青盖，盛开时花瓣呈紫色，有金色的团状花蕊。

3 琴旁案角总相宜：谓以瓶插睡莲装点琴台、书案，无不雅致宜人。

4 忘机：消除机巧之心，常用以指甘于淡泊，与世无争。李白诗《下终南山过斛斯山人宿置酒》言“我醉君复乐，陶然共忘机”；司马光诗《花庵独坐》言“忘机林鸟下，极目塞鸿过”；冯梦龙小说《东周列国志》言“得趣猿猴堪共乐，忘机麋鹿可同游”；俞国贤诗《归来》言“荒圃一区行灌亩，遗书几卷坐忘机”。

圣洁

尚品源出弥陀界，乘愿下凡供采撷。
花开每年惟七日，告示人间信圣洁。

| **注释** |

1 此诗咏睡莲花之高尚与圣洁，以其短暂的七日花开，向人间传递一种永恒的信念。

2 尚品：品格高尚之意。在佛教教义中，莲花被视为至洁至圣之物。

3 弥陀界：佛家所言之西方极乐世界，以阿弥陀佛为教主，故称。

4 乘愿：秉承某种心愿，与末句呼应。佛教经典中称佛陀、菩萨转世再生为“乘愿再来”。

5 花开每年惟七日：睡莲花每朵每年只开七日。

课余七则

卷十

卷·首·语

余从己丑年（2009）七月起任教于上海师范大学音乐学院。师大徐汇校区以桂林路为界分为东西二部，音乐学院位于东部。东部有湖名学思，湖心有岛，遍植林木。林中有亭名茂如，亭边多竹，葱茏成荫。学思湖西临音乐学院，东临第三教学楼，南临琴房楼，北临小树丛。余授课之所，即在湖东教学楼。每逢清晨早课前，校园幽静非常。湖心泉水欢作，林中百鸟争啼。当此时，宜沐浴晨辉，散步于林间陌上、湖畔岛中。神怡之际偶吟数句，不求工整对仗，惟以遣兴而已。

题下七首，丁酉至戊戌年（2017—2018）陆续作于上海师大。

羡湖

叩馆无人应，悠然向远亭。
林间方百啭，陌上只独行。
玉柱喷欢雨，清涟摆睡萍。
前生修几度，书乐每倾听？

| 注释 |

1 此诗作于丁酉年孟夏清晨早课前。借学思湖毗邻琴房楼与教学楼的绝妙位置，寄寓诗人对“左琴右书”的生活理想的向往。题献上海音乐学院孙国忠教授，致敬其作为爱乐学者拥有的美妙情怀。

2 此诗原题为《东园学思湖》。东园：东部校园。

3 叩馆无人应：清晨时分，教学楼尚未开放。

4 远亭：湖心岛上有四角凉亭，名曰茂如。

5 林间方百啭：林中百鸟刚开始鸣叫，谓辰光尚早。林：湖心有岛，植被茂盛，为群鸟栖息之所。

7 玉柱喷欢雨：湖水之中设有喷泉，以细白泉柱喷伞状水花，其态欢然，逢晨必作。

8 清涟摆睡萍：湖面浮萍随泉波慵懒晃漾，如在梦中。

9 书乐每倾听：每日与书声和琴声相伴。学思湖毗邻教学楼与琴房楼，故言。

观亭

晨霾缭绕柳如烟，慢向湖边赏玉泉。
肃穆亭台盈礼待，斯隅清雅可临仙。

| 注释 |

1 此诗作于丁酉年初冬早课前。诗人将浓重雾霾想象为仙雾缭绕，借以表达随遇而安的生活情趣。诗赠温州王彩妹女士，祈愿她在繁忙的生活中永远保持乐观心态。

2 柳如烟：雾霾中柳丝的万千垂条，如缕缕轻烟腾空飘。

3 玉泉：泉水清洁如白玉。

4 肃穆亭台：亭台于缭绕雾霾之中显得庄严神圣，如在仪式之中，在意境上为“临仙”一句做了铺垫。

5 盈礼待：恭候、等待。盈：容器盛满状。引申为充溢、丰满。斯隅：这个角落，此处。斯：这里。隅：角落。

6 临仙：诗人将霾中亭台比作“落仙台”，故有此句。民间传说，凡有仙人下凡，常有高处亭台作为接引。

春早

新柳报春归，喧鸟啼林早。
痴梦连长宵，良辰争分秒。
莫待梦醒时，春逝芳华老。

| 注释 |

1 此诗作于戊戌年正月十九日早课前。以平白的字句，抒写初春清晨因目睹柳芽新发、听闻林鸟争啼而引发的惜春、惜晨、惜光阴的生活情怀。诗寄好友赵倩博士，以此情怀与之共勉。

2 新柳：因初发嫩芽而披上了新装的柳树。[南宋] 杨万里曾作《新柳》诗云：“柳条百尺拂银塘，且莫深青只浅黄。未必柳条能蘸水，水中柳影引他长。”

3 报春归：报告着春回大地。[唐] 卢仝《酬愿公雪中见寄》诗有“春鸠报春归”之句。

4 喧鸟：鸣叫着的禽鸟。[南朝 · 齐] 谢朓《晚登三山还望京邑》诗云：“喧鸟覆春洲，杂英满芳甸。”

5 啼林：在林中啼叫。[唐] 李洞《和寿中丞伤猿》诗云：“归宅叶铺曾睡石，入朝灯照旧啼林。”

6 痴梦连长宵：痴梦连连，占满整个长夜。宵：夜。

7 良辰争分秒：美好时光本应分秒必争。良辰：如春日、清晨这般的美妙辰光。俗语云：“一年之计在于春，一天之计在于晨。”

8 春逝芳华老：春光逝去，年华已老。芳华：芳花，本义为芳香之花，比喻美好年华。[明] 文徵明《和答石田先生落花》诗云：“无情刚恨通宵雨，断送芳华又一年。”

偶忆

栖身俗世作凡人，执鞭伏案接晨昏。
为有桑弧悬肺腑，终引铲索绕身心。
三月阳春转眼过，十里山花发几巡？
昨夕偶忆开怀事，心生沧海隔昔今。

| 注释 |

1 此诗作于丁酉年农历四月初一。原题《连天课后偶忆牛津》。作者以自问自叹的口吻，反思自己在学期内的日常生活与感受：忙碌中浑然不觉心路经远，只在蓦然回首时才发现，不仅往昔的欢乐已恍如隔世，就连眼前的春光也已在恍惚中悄然远逝了。诗赠牛津大学古典系教授安可（Anke Hein）女士，以纪念在牛津与她共度的美妙茶话时光。

2 执鞭伏案接晨昏：白天在学校教书，夜晚在书斋写作，昼夜忙碌，不可开交。执鞭：手持教鞭，引申为教书。伏案：伏就书案，引申为读书、写作。

3 桑弧悬肺腑：胸怀高志之意。桑弧，即桑弧蓬矢之省称，意谓男儿志向远大。典出《礼记·射义》："故男子生，桑弧蓬矢六，以射天地四方。天地四方者，男子之所有事也。"桑弧蓬矢：以桑木制弓，以蓬草为矢。悬肺腑：挂怀于胸。

4 轳索绕身心：因琐事牵绊而身心俱疲。轳索：辘轳上所缠的绳索。

5 山花发几巡：山花开几轮之意。宋代李石《生查子·今年花发时》词云："今年花发时，燕子双双语。谁与卷珠帘，人在花间住。　明年花发时，燕语人何处。且与寄书来，人往江南去。"

6 心生沧海隔昔今：如今回想起来，往昔之事在脑海中竟已恍如隔世。心生沧海：心海苍茫之意，极言心路历程之遥远。

倦起

晨钟驱散神仙梦，天机妙语未及听。

却往亭边青竹下，相伴泉歌与虫鸣。

| 注释 |

1 此诗作于丁酉年农历五月初二早课前，原题《倦起偶题》。以跳跃、转折的思维，书写平凡工作日的点滴乐趣。诗赠学友康瑞军，以诗中情怀与之共勉，寄望于从平凡之中发现美好。

2 倦起：疲倦地起床，指睡眠不足。

3 晨钟：原指寺院中用于报时的钟声，此指闹钟。

4 神仙梦：梦见神仙，引申为美梦。

5 天机妙语：梦中神仙之语。

6 却往亭边青竹下：每逢清晨有早课，为免上班高峰塞车，作者都会及早到校，在学思湖心的凉亭中听泉赏竹，享受晨光。彼时校园格外幽静。

紫藤

半岁枯藤著紫衣，年年相见复相惜。
凡人莫如花有信，吐绿披红俱可期。

| 注释 |

1 此诗作于丁酉年农历三月十四日课间。以平白之句歌咏紫藤花开，并流露出对四季轮回如常、万物各有其时这一造化奇迹的赞叹。诗赠张伟兴、周幼萍夫妇，致谢其竭诚为此诗作画的慷慨与热心。

2 半岁枯藤：光秃了半年的藤条。紫藤于春夏之际生长开花，于秋冬之季落叶休眠，故言。

3 著紫衣：披上紫衣，形容紫色花朵满树开。著：同“着”，穿上。

4 相惜：珍重、怜惜之意。

5 花有信：花儿能如期开放。信：此为“守时”之意。

春寒

绵绵寒意隔春迟，闲向湖亭探柳丝。

玉兰偷笑梧桐懒，发枝犹待暮春时。

| 注释 |

1 此诗作于丁酉年农历二月十七日课间。作者自注曰：首联以“迟”“探”二字反映出春天里诗人对大自然变化的殷勤关切，流露出诗人对春意不浓的惋惜；尾联中的“笑”“懒”二字，则是借自然之口表达同样的惜春之情。这一移情笔触，消除了物与我的界限。题赠诗友陈永教授，致敬其在严谨治学之余仍不失生活情趣。

2 隔春迟：阻隔了春天的脚步，使其姗姗来迟。

3 湖亭：校园学思湖中的四角凉亭。

4 玉兰偷笑梧桐懒：白玉兰花早春三月即已开放，法国梧桐在上海要迟至四月才会长出绿叶。

会友五则

卷十一

卷·首·语

游学结交，余之所好。每逢外出讲学、参会，辄于间歇之际偕友同游，以领略一方景观名胜、风土人情。“三人行，必有我师”“读万卷书，行万里路”“世事洞明皆学问，人情练达即文章”。古训谆谆，余信受奉行。游学结交之际若生感想，常信笔以记之。或以散文，或以诗句，或以示友，或以自观。人生命运如转烛，每借旧文回首，尚能明吾心路。与所共历之事，故友或已遗忘，片语倘能通传，亦可为之拾遗。即令世态炎凉，行文唱酬之间，自有温情流动。每念及此，足感欣慰矣。

题下五首，壬辰年至丁酉年间（2012—2017）陆续作于上海、衡阳、杭州三地。

后海夜游歌

逢来京使必偷暇，向晚乘风觅酒家。
循香飘至什刹海，疑似秦淮月笼沙。
金迷纸醉披华彩，柳垂波颤映晚霞。
铺林肆密人接踵，酒香茶贵市繁华。
繁华人生若蜉蝣，万贯独穴何所留？
岂若舟间置美酒，颠醉放浪解千愁。
愁散请君为余歌，把盏击节声声合。
歌传十里心波动，盏击舷碎落入河。
河岸舟楫次相藉，月半星稀照闲舸。
流萤有情惜夜尽，扑怀萦面相摩掌。
歌罢九曲兴难尽，赋诗成诵自吟哦。
何奈玉箫不在手，白教清风乱相和。

注释

1 壬辰年五月初三补记于沪上。叙写了一次游玩的观感。诗赠冰城贤好居士，以志同游、同修之谊。先写游兴之高，继述宴饮之乐，复叹生命之短，转思任性之趣。既抒发了及时行乐的畅快情怀，亦隐含着知己难求的感伤。

2 什刹海：位于北京市西城区，是前海、后海、西海的统称。始于元代，曾为达官富贾游乐之所。此处代指后海。

3 疑似秦淮月笼沙：谓后海夜景与金陵秦淮河颇为相似。月笼沙：月光笼罩沙滩。[唐]杜牧《泊秦淮》诗中有“烟笼寒水月笼沙，夜泊秦淮近酒家”之句。

4 铺林肆密：店铺林立，酒肆密集。

5 蜉蝣：昆虫名，寿限极短，仅为一日。[宋]苏东坡《赤壁赋》中有“寄蜉蝣于天地”之句。

6 万贯独穴：生前纵有家财万贯，死后亦只能孤身入坟。

7 把盏击节：手持酒杯打节拍。

8 盏击舷碎落入河：酒杯在击节时因触碰船舷而碎入河中。

9 河岸舟楫次相藉：岸旁船桨交错叠放。意谓长夜既深，舟人已歇。舟楫：船桨。

10 闲舸：悠闲漂泊之大船。舸：大船，此指可载多人之游船。

11 白教清风乱相和：只能任由不懂音律的清风胡乱附和。相和：相互唱和。汉时北方民间有“相和歌”。

饯别故友作

嘉朋忽至动离愁，凄秋设宴酣高楼。
薄酒三杯对君嘱，倾谈一席除我忧。
所历诸事半相忘，遗者俱在汝心头。
此谊方堪明心性，彷徨犹可忆斯秋。

| 注释 |

1 壬辰年九月作于沪上。作者自注曰：以深沉古朴的字句，表达了诗人对友情的独特感悟——友人是我们人生中的记忆“拾遗者”。诗赠安阳好友黄崧，致谢其席间分享的陈年旧事以及对待这些旧事的情怀。

2 动离愁：牵动了离别愁绪。

3 酣高楼：于高楼上酣饮。[唐] 李白诗《宣州谢朓楼饯别校书叔云》中有“长风万里送秋雁，对此可以酣高楼”之句。

4 薄酒三杯对君嘱：劝君痛饮之意。薄酒：原指浓度较低的酒，后以谦称待客之酒。三杯：虚数。嘱：嘱托、规劝。此为劝酒之意。

5 所历诸事半相忘，遗者俱在汝心头：自己经历过的许多事情都早已忘记，居然仍留存在你的脑海。半：半数，虚指。遗者：被遗忘的事情。

6 此谊方堪明心性：此番情谊正可供我明心见性。方堪：正可。明心性：明心见性，佛教用语，即发现真心、明了本性。

7 彷徨犹可忆斯秋：未来我迷茫彷徨之时，还可以回忆这个秋天（托君之福所见识的本我心性）。彷徨：犹豫不决，不知何往。犹可：尚可，还能。斯：这个。

夏游西溪

轻舟逐水入丛深，探访仙源作渔人。
鹭翔燕舞如引路，鱼跃蛙鸣召客临。
泽洲十里翠欲滴，清溪九曲落英纷。
桃源难辨旧踪迹，梅乡今日远名闻。

| 注释 |

1 壬辰年闰四月廿六日作于沪上。声色并茂地描绘了杭州西溪湿地世外桃源般的迷人美景。诗赠同乡吴海军夫妇，以志同游之谊。

2 探访仙源作渔人：像武陵人那样去探寻桃花源。典出 [晋] 陶渊明《桃花源记》。仙源：桃花源。渔人：渔夫，即文中所言“武陵人”。

3 泽洲十里翠欲滴：方圆十里的湿地植被遍布、苍翠欲滴。西溪湿地总面积约 11.5 平方公里。十里，约数。泽洲：湿地。

4 清溪九曲落英纷：转了九道湾的清澈溪水上漂浮着缤纷的落花。九曲，虚数。

5 桃源难辨旧踪迹：陶渊明笔下的世外桃源已无迹可寻。

6 梅乡：此指西溪。[清] 龚自珍《病梅馆记》云：“江宁之龙蟠、苏州之邓尉、杭州之西溪，皆产梅。”故有此称。

7 远名闻：声名远播之意。

衡阳城托雁

此去衡阳地，北雁皆南飞。
同为异乡客，羡汝知当归。
西书腾云岭，东题天光陲。
越年北归时，万里劳衔随。

| 注释 |

1 癸巳年十月廿六日作于衡阳。目睹北雁南飞而引动乡情，遂以“徙居客”同怜。诗赠同乡李巧伟，感谢他的盛情相邀与款待，并对他在异乡的成就表示钦佩。

2 衡阳城：位于湖南省中南部，湘江中游，衡山之南，别名“雁城”。相传北雁越冬时南飞此地，待春暖复北归。故附近有著名景点曰“回雁峰”，为南岳衡山第一峰。托雁：托付大雁（捎书回乡）之意。因古有鸿雁传书的典故，乃有托雁捎书的意兴。[唐]王湾诗《次北固山下》有句云：“乡书何处达？归雁洛阳边。”

3 知当归：知晓当归之期。

4 西书腾云岭，东题天光陲：此为互文句，意为在腾云岭和天光山上题满思乡的字句。腾云岭：山名，位于衡阳城西部的祁东县境内，系越城岭之延伸。天光陲：天光山的边陲。天光山在衡阳城东部衡东县境内，系罗霄山余脉。陲：边缘地带。

5 越年北归时，万里劳衔随：来年春暖飞还北方时，烦劳你们衔上我题写的字句，让它们不远万里跟随你们回到故乡。此为寄托归雁之语。

湘湖观荷

君自西方来，长居极乐土。
此地遍莲花，犹念归乡不？

| 注释 |

1 作于丁酉年夏至前。以虚实交替的双关语，委婉流露留客之意。诗赠牛津同事邵玉书、刘楠楠夫妇，聊表对同龄人客居异邦、相见如故、相待如亲的深厚情谊的珍重。邵玉书（Joshua Seufert，1980-）：参见 61 页卷四“卷首语”中的相关介绍。

2 原题为《杭州会后邀牛津同事邵玉书于湘湖观荷》。湘湖位于杭州市萧山区，系八千年史前文明“跨湖桥文化遗址”所在地，山清水秀，令人流连忘返。

3 君自西方来：邵玉书生长于德国，彼时供职于英国，故言西方。

4 长居极乐土：以前句之“西方”为双关语，由此及彼，关联至佛家所言之“西方极乐世界”。

5 此地遍莲花，犹念归乡不：此地遍植莲花，与西方极乐之境相仿，君犹念乡思归吗？

杂吟七则

卷十二

卷·首·语

世俗凡人，常为琐事牵绊，徒有绝尘隐逸之心，却难如鲲鹏来去任逍遥。靖节先生曾以“心为行役”自叹，焉知非同古今天下无数士人之遭遇？善感之人诗兴频，若得偷暇偶吟自忘情，亦不失为慰藉心灵之法。奈何斯身碌碌，纷扰绵绵，常欲偷暇而不可得。杂役忽来，惟能扼兴于初萌之时，斩意于不追之际。幸时吟得完整句，始觉不负光阴。

题下七首，壬辰至戊戌年间（2012—2018）陆续作于斋内、途中。

暑日荷塘

白堤暑日游人稀，莺不歌啼燕不飞。
耳际痴蝉作聒鸣，顶上毒轮显神威。
人行石阶化走肉，汗滴焦土成死灰。
幸有桥畔芙蓉水，一潭青绿堪舒眉。
碧叶撑撑如伞盖，荫佑鸳鸯来且回。
问君如何得清静？花自芬芳叶葳蕤。

| 注释 |

1 壬辰年五月梅雨季作于杭州。以杭州酷暑中万物靡颓来反衬荷塘的勃勃生机，抒发诗人对“清静自在”这一精神境界的渴望。诗赠北京慧新居士，致敬她善良温厚的品性，以及在末法时代潜心自修的清净心。

2 耳际痴蝉作聒鸣：夏蝉痴痴鸣叫，聒噪之声不绝于耳。聒：声音嘈杂。

3 顶上毒轮显神威：头上烈阳高照，火热毒辣，威力无穷。毒轮：毒辣的太阳。

4 人行石阶化走肉：石阶被晒得滚烫，步行其上，神志昏昏，仿佛要成为行尸走肉，即将被烤化。

5 汗滴焦土成死灰：泥土被晒得起了焦皮，汗水滴在上面，瞬间便蒸发。

6 芙蓉水：指荷塘之水。荷花别称芙蓉。

7 堪舒眉：能让眉心舒展，即怡神养眼之意。

8 荫佑：以绿荫来提供蔽护之意。

9 问君如何得清静？花自芬芳叶葳蕤：致问荷君，如何能在烈日灼心时保持清静、自在？天下万物都被炙烤得萎靡不振了，你却依然有茂盛的叶子和芳香的花。

斋下观花

茵心一片滋晨露，枝头万朵映朝晖。
寻常昨夜百虫死，又逢天日勿靡颜。

| 注释 |

1 作于丁酉年农历五月初十芒种前。原题《斋下合欢花》。作者题注曰：有感于叶家公子及张少博士英年早亡。此诗借物抒怀，自勉于寻常处境中体悟感恩之心，珍重生命，珍惜时光。

2 茵心一片滋晨露：草丛中新发的嫩芽享受着晨露的滋养。茵心：草丛中的嫩芽。茵：本为草垫、草席等平铺之物，在此指平坦的草丛。合欢树生长于绿色草坪之上，故有此句。

3 枝头万朵映朝晖：斋下合欢树上开满的鲜花正沐浴着早晨的阳光。

4 寻常昨夜百虫死：即使在一个普通的夜晚，自然界也会有千百种生物正常死去。

5 又逢天日勿靡颓：有幸存活到今晨、得以重沐晨光者，不能不求上进、庸碌无为。勿：不要。靡颓：心志萎靡、精神颓废。引申为不求上进、虚度光阴。

辞乡偶题

少不经事意轻狂，一十八岁初离乡。
素闻诗书能济世，游学西北东南方。
井蛙终识天地大，书虫只恋案牍香。
心依名教随指引，胸怀善念充资粮。
三六岁中回家转，昔日幼笋皆成篁。
曾笑痴公不识柳，今怜老将苦愁肠。
阔别重逢话难尽，一席欢宴又辞乡。
情寓心间能恒久，随缘聚散且何妨？
归程适逢立春日，微风和煦唤群芳。
夙愿余生存几许？斜倚车窗慢思量。

| **注释** |

1 作于丁酉年正月初七自故乡回沪的途中。从叙写求学经历落笔，抒发聚少离多的乡愁，随后则以情贵在心为转折，升华出聚散随缘的达观心境，末尾结于对人生理想的深沉追问之中。诗赠学弟李鹏程，感佩他对“寒门出贵子”这一古老箴言的又一次践证。

2 一十八岁初离乡：1997 年，作者入读焦作师范学校音乐班，时年十八岁。此前一直在乡内就读。

3 素闻诗书能济世：作者自言，幼时其祖宅中悬有祠联一副，题曰“诗书济世，炎黄子孙晓礼义；勤奋传家，中华儿女善耕耘”。

4 名教：以正名定分为主的封建礼教，为儒家思想的重要组成部分。[晋] 袁宏《后汉纪 · 献帝纪》云：“夫君臣父子，名教之本也。”

5 资粮：物资粮草，泛指钱粮。亦为佛教用语，喻指善根功德。

6 幼笋皆成篁：比喻昔日小辈今已成年。笋：竹之嫩芽。篁：茂竹。

7 痴公：典出余姚先生事。冯梦龙《笑府 · 余姚先生》记曰：“余姚师多馆吴下，春初即到，腊尽方归，本土风景反认不真。偶见柳丝可爱，向主人乞一枝寄归种之。主人曰：‘此贱种，是处俱有，贵处宁独无耶？’师曰：‘敝地是无叶的。’”

8 老将：借喻晋代桓温事。[南朝] 刘义庆《世说新语》载曰：“桓温北征，经金城，见前为琅邪时种柳皆已十围，慨然曰：‘木犹如此，人何以堪！’攀枝执条，泫然流泪。”

9 夙愿余生存几许：过去所怀的高远志向和抱负，如今还剩多少记挂在心头？夙愿：亦作宿愿，指一向怀有的愿望。余生：人生中的剩余时光。几许：几何，多少。

扬州游园

移步换景意从容，精艺当可夺天工。
亭台错落集墨宝，花木环合积翠浓。
石叠妙趣四季分，廊回奇巧双园通。
轩竹尝伴鸿儒影，池鲤惯见淑女容。
忽遭兵燹即破败，数易园主又辉荣。
纵使花木依旧似，焉得人事与昔同？
顽儿戏耍宗祠内，野老悍立闺阁中。
更有白丁穿堂过，点指楹联问何从。

| 注释 |

1 戊戌年二月作于扬州。以今昔对比的眼光，描写何园与个园的共同命运，感叹岁月沧桑、物是人非。题献上海音乐学院钱亦平教授，致敬其三代鸿儒治乐史的书香门第，赞叹其在浮华时代对师道尊严与人文情怀的坚守。

2 移步换景：谓园林景观精致而丰富，每走一步，都能有新奇的发现。意从容：意兴悠闲。夺天工：指园林建筑工艺精妙，胜过天然。夺：胜出。

3 集墨宝：指汇集名人题句。环合：四面包围状。积翠：铺叠着层层绿意。

4 石叠妙趣四季分：以奇石堆叠出四季妙趣。言指个园的四季假山：春山区遍植石笋青竹，意喻雨后春笋；夏山区堆叠青灰色的太湖石，有云雾翻卷雨欲来之势；秋山区以黄石造就，象征秋色满园；冬山区以洁白且富含石英的宣石点缀，喻示雪光晶莹。

5 廊回奇巧双园通：以回环的走廊巧妙贯通两个园区。言指何园的复道回廊，长约一千五百米，连通东西两园及园中居所，有“天下第一”的美誉。

6 轩竹尝伴鸿儒影，池鲤惯见淑女容：此句是对两处园林昔日情景的想象。谓博学之士曾于竹下论道，大家闺秀曾在池边观鱼。轩：有窗的长廊或小屋，此指谈论学问之所。鸿儒：博学儒雅之士。池鲤：池中鲤鱼。容：妆容。

7 兵燹：战火。燹：音显，原指野火，后专指兵火。清咸丰年间，个园曾在战乱中被烧，日军侵华期间，何园也曾用于驻兵。

8 数易园主：个园系嘉庆年间两淮盐业商总黄至筠所建，同治年间售予镇江盐商李文安。李负债，军阀徐宝山逼迫其以园抵债。后又先后归李、朱二氏。

9 与昔同：[宋]王铚《题沈休文八咏楼》诗云：“诗人不见旧楼空，只见溪山与昔同。”[宋]释昙贲《颂古二十七首》其一诗云：“指点深红与昔同，更无夭艳在芳丛。”

10 宗祠、闺阁：谓昔日庄严、私密之所。野老：乡野老人。悍：无礼。

11 白丁：没有学问的人。楹联：题刻于门前柱子上的对联。何从：从哪里(起读)。许多参观者认不得联中字句或分不清上下联，故而读不出口。

瘦西湖春景

遥采神山半方土，秘引仙河一缕泉。
宫娥碧带从空落，化作青林蜀冈前。
垂条烟笼湖心塔，飞花香漫岛中园。
暮春方至蝶愈忙，薄雨忽来客犹闲。
听鹂馆下寻鹤篆，望春楼上数龙船。
鱼台门洞裁画景，凫庄檐角褰雨帘。
风月满时浮舟远，烟花深处乐歌甜。
闻钟栖灵意空净，身游到此复流连。

| 注释 |

1 戊戌年三月作于扬州，记录了扬州瘦西湖的仙姿灵韵以及作者的春游观感。诗赠扬州籍歌唱家梦苇女士，致敬其歌曲作品《如此美丽》，并感谢她的及时分享。这首赞美扬州的美妙歌曲增添了作者的游览兴致和创作灵感。

2 “遥采”以下二联，以浪漫虚构的笔法，幻想瘦西湖的来历。首联互文，谓瘦西湖为钟灵毓秀之人间仙境。半方土：极言山势之小。湖中有小金山景点，似镇江金山而小。一缕泉：极言湖形之瘦，较杭州西湖而秀。青林：谓瘦西湖植被茂盛。蜀冈：位于扬州市西北郊，为大明寺所在地，与瘦西湖毗邻。

3 垂条烟笼：垂落的柳条飘出绵絮，弥漫空中似烟雾。湖心塔：白塔。岛中园：湖岛园林。

4 听鹂馆：徐园主厅。徐园位于长堤春柳北端，曾为清末军阀徐宝山所有。鹤篆：鹤的足印，因形如篆书而得名。听鹂馆前有楹联题曰“绿印苔痕留鹤篆，红流花韵爱莺簧”。望春楼：与玲珑花界隔湖相对，附属熙春台。

5 鱼台：钓鱼台，又名吹台，相传乾隆帝曾垂钓于此，故名。裁画景：指园林设计中的“框景”手法。建亭台于秀丽景致中央，以四面敞开的门洞将周围景致圈入洞中，如天然画框。凫庄：景点名，原为扬州乡绅陈臣朔的别墅，建于水上，有“自主沉浮”之喻。褰：音牵，掀起之意。谓檐角翘起，在细雨中能钩破雨水帘幕。

6 风月：泛指风景。[宋] 朱熹诗《六先生画像 · 赞濂溪先生》言：“风月无边，庭草交翠。”杭州西湖湖心亭的一处石碑上刻有“虫二”两字，为乾隆手迹，乃由“风月”二字拆去边框所得，隐喻“风月无边”。乐歌：隋炀帝在扬州时曾作七言律诗《江都宫乐歌》。

7 栖灵：栖灵寺，大明寺旧称。此句意为：方才在大明寺听钟时尚觉心空意静，如今面对瘦西湖美景，却又升起了对尘世的留恋不舍之心。

忆汾阳路斋

夜笼斋头书作伴，衔得佳句逸思飞。
偶怜夜半灯前客，遥忆阁中案上梅。
居第迁移不废卷，尘寰来往岂无为。
学途踽踽十三载，心付流年身又回。

| 注释 |

1 此诗作于丁酉年农历七月廿一日（2017年9月11日）深夜。作者记曰："2017年9月，余以上海音乐学院'西方音乐史高峰学科团队'外聘专家之名，受聘担任该院硕博研究生高端课程——西方音乐断代史专题研讨课'古典音乐'特约主讲人。因次日即将开课，故吟此诗以记之。"此诗是作者在一个特殊时刻对其十三年学术生涯和心路历程的回望，既对辗转迁居不废卷的学术痴情表示自怜，更对韶华逝去故人回这一学术生涯上的转折点充满感慨。题献上海音乐学院杨燕迪教授、赵小红教授夫妇，以铭谢师尊十三年来的辛勤栽培与无私关爱。

2 汾阳路斋：上海音乐学院博士楼三〇七室，此楼原为琴房楼，名"一琴房"，后改建为研究生宿舍，但学院官方仍以旧名相称。2005年起，此楼仅供博士研究生住宿之用，故又名"博士楼"。

3 灯前客：作者自指。

4 阁中案上梅：汾阳路斋书案上的梅花。阁：中国的一种传统楼房，供远眺、游憩、藏书、供佛之用，此指位居楼顶的陋室书斋。

5 居第迁移：作者自毕业留沪以来曾四度迁居。伴随时光推移，每迁一处，则书箱愈重。

6 废卷：丢弃书卷。

7 尘寰来往：往来于人世间，指人生在世。尘寰：人间。

8 学途踽踽十三载：在学术路途中孤独求索十三年。自作者于2004年9月入上音攻读硕士研究生、步入学术道路算起，至2017年9月回母校兼职任教之际，历经十三年整。踽踽：孤独行进。

9 心付流年：少年之心性已随时光而远逝。

观海右人画

梅雨时节郁气浓，斋头寂寂了无风。
嘉朋远来呈墨宝，心旌摇曳两睛明。
撤牍净手徐开卷，盈盈铺案八尺宏。
烈马当前真夺目，豪情满满荡于胸。
君不见雄姿飞跃欲腾空，鬃毛烈烈耳生风。
傲气冲凌云霄外，霜蹄踏没烟尘中。
蓬尾翻飞扫乌龙，硕肌绷凸扯满弓。
吞云飚汗追流矢，驭气充血登飞虹。

古来丹青常画马，神情风骨各不同。
武卫将军喜锋棱，松雪道人贵雍容。
郎宁神闲湛如美，勃舒劲烈学悲鸿。
许公奇骑真健硕，惯立边塞苦寒冬。
齐鲁海右君，妙笔如鬼工。
远观似剪影，近看比飞龙。
呼之欲出尺方外，缟素漠漠将成空。
一声嘶鸣八万里，烟浪滚滚杳无踪。
穆王拥八骏，相形岂能分伯仲？
太宗矜六马，对此弗敢论雌雄。
熠熠金鞍谁得跨，万里横行任苍穹。
此骏若得襄夸父，不信远史与今同！

注释

1 甲午年五月廿二作于沪上，歌咏书画大师韩美林先生题赠作者的画作《万里可横行》。诗赠沈明、沈洋洋父女，致谢其玉成美事之谊。

2 海右人：指韩美林，因祖籍山东济南，故其自称“齐鲁海右人”。

3 郁气：阴郁沉闷之气。斋头：书房。

4 心旌摇曳：心神荡漾之意。旌：旗。

5 撤牍：清理书案，以便铺开画卷。牍：古时书写用的木片，引申为文书。

6 霜蹄：马蹄。《庄子·马蹄》云，“马蹄可以践霜雪”。遂有“霜蹄”一词。

7 蓬尾翻飞扫乌龙，硕肌绷凸扯满弓：蓬乱的马尾毛在风中翻飞，如乌龙横扫；健硕的肌肉在奔跑时紧绷而凸起，如张满的弯弓一般充满力量。

8 流矢：射出的箭。驭气：驾驭云气、乘风之意。充血：相传西域有汗血宝马，皮薄毛细，奔跑时可见血管中血液流动，状若“充血”，肩颈处汗腺发达，出汗时颜色鲜红，似在“淌血”。

9 武卫将军：唐代书画家曹霸，官至左武卫将军；据闻其偏爱瘦马，重筋骨，杜甫称其“锋棱瘦骨成”。松雪道人：元代书画家赵孟頫，号松雪道人；其马雍容亲和有贵态，形容生动。

10 郎宁：清代宫廷画师郎世宁，其所画马多见于田园牧场，姿丰体硕，气定神闲。湛如：民国画家马晋，号湛如。其画宗法郎世宁，所画之马浑圆壮美，色调鲜明。勃舒：当代画家刘勃舒，徐悲鸿之徒。其马画风宗法其师，英姿飒爽，野性十足。悲鸿：现代画家徐悲鸿。其马体瘦性烈，多见于旷野。

11 许公：当代画家许勇。其所画之马体格健硕，鬃毛长密，常立于塞外苦寒之地。

12 尺方：画布。缟素漠漠：语出杜甫《韦讽录事宅观曹将军画马图》中“缟素漠漠开风沙”句。漠漠：空旷状。

13 穆王拥八骏：相传周穆王有八匹骏马：赤骥、盗骊、白义、逾轮、山子、渠黄、骅骝、绿耳，能日行万里。

14 太宗矜六马：相传唐太宗常以六匹爱马自夸：拳毛騧、什伐赤、白蹄乌、特勒骠、飒露紫、青骓，也称“昭陵六骏”。矜：自夸。

15 此骏若得襄夸父，不信远史与今同：此句援用“夸父逐日”传说，极言马速之快。夸父逐日乃徒步，以悲剧告终，若得此马，或将改写神史。

跋语

诗中有趣，识者乐之。中国古典诗词能以简约考究的形式和委婉含蓄的风格，传递出丰满悠远的意趣。我们品读古诗，常能从兼有节奏和音韵美感的寥寥数语中，感受到字里行间的意境、趣味和情怀，仿佛它们能超越诗人的个体经验和时代语境，在最私密的层面引发后世读者的心灵共鸣。为诗文作注，不是要以具象化文字抹杀其含蓄抽象的品质，更不是要以标准化解译来束缚读者的想象，而是旨在以翔实切题的考据资料，为读者理解作品提供辅助和参考，以诱发更丰富、更深层的心灵感应。是以，为典籍文献行注疏的学术实践，遥自汉唐以来从未间断，是中华文化传承延续的重要途径之一。

诗多引涉，会心者悟之。《览趣集》所录诗文在文风上虽不艰涩，却也指涉了不少地方民俗、历史掌故、文学典籍，以及诗人的自传性信息。增加一些注释，或可有助于读者从更深层次领会。书中除注释、跋语由注者完成外，其余文字如序言、卷首语、致谢等，均系诗人自作。注释内容一方面以注者自身的解读为基础，一方面也受益于部分原诗所附的题解和诗人自注，以及注者与诗人的仔细沟通。注释中的诗作题赠信息，乃由诗人所授意。

诗无恒解，品者自得之。诗人自序中言：趣有善恶、高低、雅俗之分。注者以为，识趣亦有角度和程度上的区别。品读诗文，或能明察其字句之精构，或能品味其音韵之谐美，或能识破句内典故，或能体悟诗中情怀，或能捕捉言外讽喻，或能洞察谋篇意旨，或能通晓其文风之依属，或能善感其情理之普适。视域既无穷，境界更无限。凡居其一者，皆可谓之识趣。倘若兼备诸能，即是方家。注者远非方家，释文如有偏差，恳望读者指教。

诗兴可寄，信受者依心而和之。《览趣集》原由兴致，敬待君识。

注者

戊戌年春月

致谢

陋集今得付梓，多蒙贵友襄力。诚谢熙宜居士精心为诗集作注，其释文旁征博引、探幽发微，既令读者受益，亦对作者有所启迪。诚谢中国艺术研究院非物质文化遗产保护中心副研究员、著名书画家、孔子第七十七代裔孙——孔德平博士题赐书名，令拙集增辉。诚谢中国艺术研究院副研究员、《中国艺术时空》杂志社编辑、民族音乐学者赵倩博士竭诚为诗集募结善缘、布设方便，其有求必应之厚谊，实难言表。诚谢诗集责任编辑、西南师范大学出版社文字编辑中心主任秦俭女士不辞辛劳审读书稿，其深思明察之才能、务实求真之作风，令注释文字更显精准、诗集文本更合规范。西南师范大学出版社社长助理、市场营销部主任、音乐分社社长周松先生，音乐分社副社长王菱女士，音乐分社编辑王斌师弟等，均对诗集出版事宜给予了极大关心并予以鼎力支持，特对诸君敬表谢忱！

作者

戊戌年春月于沪